天下篇，逍遙遊
七星劍，葫蘆酒
你就這樣長身去了江湖
自天涯滄桑風塵回來的你
大鐘鳴鼓，琴瑟竽笙
高台厚榭，邃野之居
或人何在？或人何在？
你又帶書攜酒配劍
從眼前到天涯，一路過去

落花也有温柔的遠志
像人走向水涯
而裘褐為衣，棺桐三寸
張目奸逼切如大火逼你躍牆
身臨绝澗如閉目飛躍
而這一躍往何處去呢
流水也有悲壯的柔情

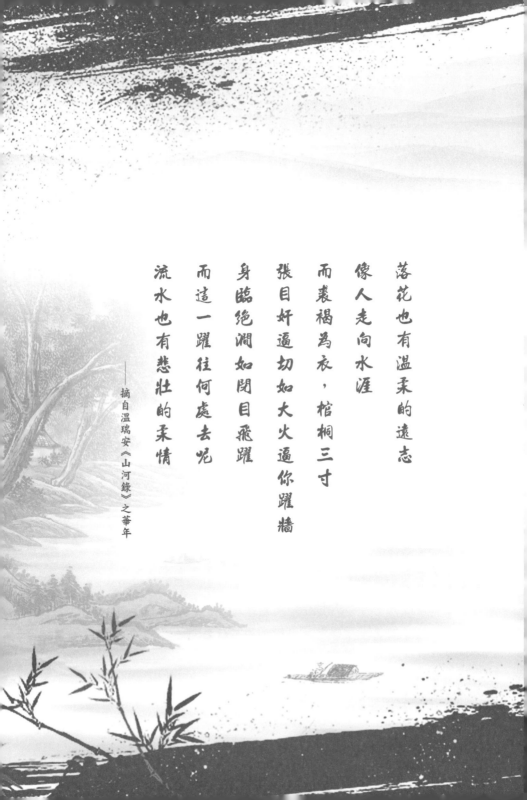

——摘自温瑞安《山河錄》之華年

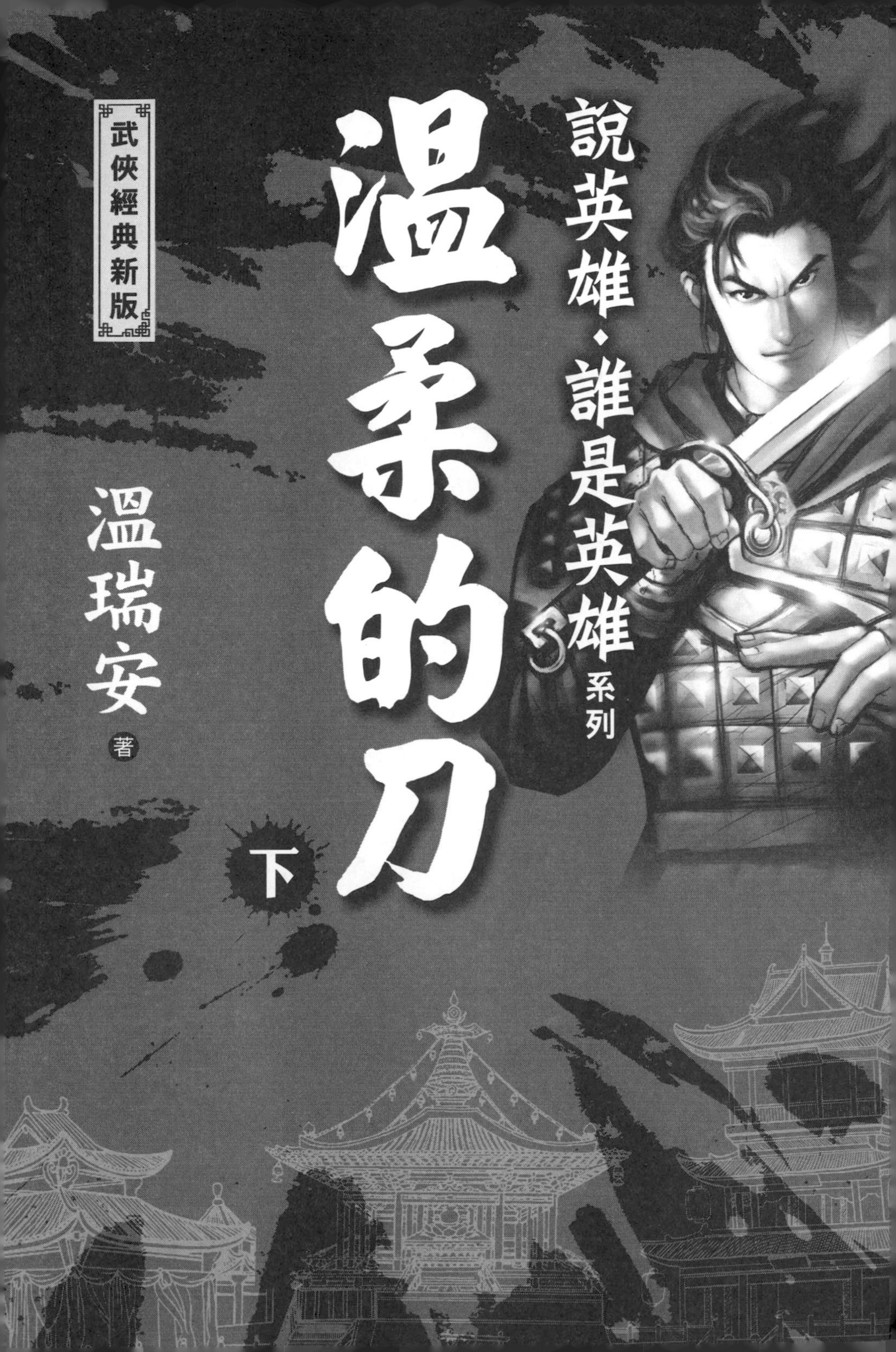

說英雄・誰是英雄系列

溫柔的刀

下

溫瑞安 著

武俠經典新版

說英雄誰是英雄系列

溫柔一刀

下冊

目錄

四十五 第一無恥鬼見愁

蘇夢枕斜睨了狄飛驚一眼，他的臉色陰寒深沉，兩眼如鬼火一般：陰、寒，與深沉，誰也看不出他有沒有動怒。

「哦？你不同意？」他淡淡地反問。

「如果去『金風細雨樓』談判，那我們無疑是身入虎穴，身陷重圍，那是自投羅網的事，」狄飛驚道：「這種事我們從來不做！」

「是麼？」蘇夢枕一笑道：「這次可能要破例了。」

「爲什麼？」

「因爲是我叫你去做。」蘇夢枕道。

這次狄飛驚沉思了良久，才開口。

「還是不行，」狄飛驚沉重地道：「與其明天必敗，不如今天一拚！」

蘇夢枕緩緩的吸了一口氣，左手四指在右手掌中屈伸著，這是王小石和白愁飛平常用來消除緊張的方法，他現在不自覺的用上了。

「你不敢？」他盯著狄飛驚。

「要是在我們『六分半堂』的總堂會面，你敢不敢？」狄飛驚反問道。

「好！」蘇夢枕一言出口，像一刀削竹，絕無轉圜餘地，「我們就去『六分半堂』！」

此語一出，不管「六分半堂」的子弟，還是「金風細雨樓」的人，莫不大驚失色。

◇◇◇

——不入虎穴，焉得虎子？

可是身入虎穴的人，往往要付出代價。

——身入腹地、敵暗我明，為智者所不取，更何況是面對「六分半堂」這樣的敵手，莫非蘇夢枕瘋了不成!?

蘇夢枕說出這一句話來，師無愧行近一步，顯然想說話，莫北神忽也不知從那裡冒了出來，走向蘇夢枕。

蘇夢枕根本不俟他們開口，已說：「你們又敢是不敢？」

雷損的眼神亮了，立即笑道：「蘇公子肯光臨敝堂，當必恭候大駕，倒屣相迎。」

狄飛驚卻道：「不行。」

蘇夢枕望望那副棺木，眼神出現一股很怪異的神色，冷冷道：「沒想到狄大堂主，忒也膽小。」

狄飛驚不怒不惱：「不是膽大膽小的問題，而是信用的問題。」

「信用？」

「蘇公子說過要三天後才作答覆，以當今『金風細雨樓』樓主說的話，定必算數，出爾反爾，就算能擊敗對方，也必爲天下好漢所不齒；」狄飛驚道：「蘇公子要做大幹、成大事，斷斷不會在這種小事上失信於人，在這關節上先予人詬病。」

蘇夢枕眼裡已露出激賞之色：「你到底想怎樣？」

「按照蘇公子第一次的約定，仍在後天午時，」狄飛驚低著頭說話，誰也看不清楚他的臉色神情，「至於地點，蘇公子勇者無懼，『金風細雨樓』的朋友膽色過人，就改在『六分半堂』，要是『六分半堂』罩不住、接不下，此後，『六分半堂』也沒顏面再在不動瀑布待下去了。」

莫北神接口道：「狄大堂主，你這如意算盤，可真打得響，這樣一來，『六分半堂』豈不是佔盡天時、地利、人和了？」

狄飛驚忽然看看自己膝上的掌心，悠閒地道：「那就要看『金風細雨樓』敢不敢闖龍潭、搗黃龍了。」

師無愧怒道：「狄飛驚，你……」

蘇夢枕忽道：「好，我答應了。」

眾人又嚇了一跳。

狄飛驚道：「君子一言，」

蘇夢枕正待說話，白愁飛已截道：「定不算數。」

狄飛驚語氣裡充滿了譏誚：「蘇公子，現在『金風細雨樓』裡，到底有幾個人可以發號施令？」

白愁飛道：「我是新任副樓主，我不同意。送羊入虎口的事，我不幹，樓主也不該做。要談判，就該在三合樓，不然，如果大家都真夠膽色，在禁宮裡也無不可！」

「就算你是副樓主，」楊無邪插口道：「這事也只有公子能夠定奪！」

「我是『金風細雨樓』的人，」白愁飛昂然道：「爲了『金風細雨樓』的利益，我應該據理力爭！」

「蘇公子，」狄飛驚似很有耐心的道：「你們『金風細雨樓』的領袖們，要不要私下商議過，再給予我們一個肯定的答覆？」

「不必了。」蘇夢枕斷然道：「我答應你。」

狄飛驚眉毛一揚，再次的道：「君子一言？」

蘇夢枕道：「快馬一鞭！」他補充一句：「除非是你們不講信用在先。」

狄飛驚道：「好，兩天後，咱們就恭候大駕，不見不散。」

白愁飛跌足道：「放關七逃生，已萬萬不該；放棄明天會戰，不求速戰速決，已是大錯特錯；拔隊孤軍深入『六分半堂』，更屬全無必要！」

「你不會明白的，」蘇夢枕的神色已看得出來很有些不悅：「我要『六分半堂』的人輸得心服口服！」

白愁飛頑強地道：「兵家之爭，只在勝，不在服，成王敗寇，一個失敗的人也等於失去了人心，你沒聽過宋襄公等散兵渡河才出擊的故事嗎!?」

師無愧陡然叱道：「放肆！」

狄飛驚笑道：「看來，現在『金風細雨樓』想拿主意的人，確不止一個。」

楊無邪忽道：「對極了。看來『六分半堂』，都是狄大堂主在說話，雷總堂主倒像是貽養天年、不問世事了。」

雷損微微一笑：「狄大堂主一向能替我拿主意，大小事務，都由他操心。」

狄飛驚馬上道：「全仗總堂主的信任與海涵。」

白愁飛不屑地道：「阿諛逢迎的話，誰不會說?要是明知道是錯還不道破，那不過是一群爲虎作倀、狐群狗黨之輩，成不了大事！」

狄飛驚笑著道：「『六分半堂』一向廣納忠言，以白兄大才，何愁沒個用處?」

「狄大堂主忒小覷我這位二哥了，」王小石忽然接道：「我們是蘇大哥的好兄弟，一旦金風，一朝細雨，便永不沾六分半的陽光。倒是對閣下的才幹，一向欽佩，不妨考慮到『金風細雨樓』來，大哥定必禮待。」

狄飛驚唯有一嘆道：「好，那是你們間的風風雨雨，我管不得，但蘇公子已答允了我們，咱們後天在『六分半堂』見。」

白愁飛望定蘇夢枕道：「大哥，你還不收回成命？」

蘇夢枕道：「我說出去的話，就像我砍出去的刀！」

白愁飛大聲道：「但是，如果錯了，就應予盡快改正。」

蘇夢枕冷然道：「我沒有錯，不必改正。」

白愁飛怒道：「你……」

王小石暗裡扯了扯他的衣袖，壓低聲音道：「二哥，這些事，不如我們私下跟大哥再說——」

白愁飛一甩手，忿然道：「那時候再說？早就大勢已定，無法挽回了！」

「可是在這大庭廣眾，駁斥大哥，總是不當；」王小石堅持道：「大哥主掌大局多年，所下的決定，定已深思熟慮，自有分數。」

白愁飛臉也氣白了，這才肯壓低聲音哼著道：「這算啥!?大家都不說，都不敢說，對大家可是好事!?」

這時，「七聖盟」的子弟聽說「金風細雨樓」要出兵直驅「六分半堂」，有好些人又偷偷的溜回「六分半堂」那一邊去了。

魯三箭是率領包圍三合樓前前後後、大街暗巷的人之一，現在向雷損請示道：「總堂主，這干人該怎麼處理？」

雷損尚未答話，默不作聲了一段時間的張炭忽漫聲道：「這干人，一時傾這，一時倒那，牆頭草，風裡浮萍，收容了也不見得能效死，他們只爲保住性命，才不會爲你們效命，不如全趕散算了。」

那一干「迷天七聖」的子弟，忙七嘴八舌的表示效忠「六分半堂」或「金風細雨樓」。

白愁飛忽道：「殺了！」

這句話一出口，大家都靜了下來。

「這些人今天叛『迷天七聖』，難保明天不叛『金風細雨樓』、不逆『六分半堂』，這種人還留著幹什麼？不如殺了，一了百了！」這是有兩百多人，白愁飛一句「殺」字說來，當真是輕描淡寫，全不當一回事。

「殺？倒不必。既然留著禍患，」王小石聽白愁飛這般說，給唬了一下，忙不迭的說，「不如把他們放了，至多逐出京城，再也不許在道上混，不就得了？」

白愁飛冷哼低語道：「你倒良善，可惜江湖上你虞我詐、鬥狠鬥絕，沒有人跟你比仁慈！」

王小石笑著說：「二哥不要生氣，我沒打算與誰比。」雷損像有點拿不定主意，向狄飛驚問道：「你打算怎麼辦？」

狄飛驚皺了皺眉，道：「我們就算不信任他們，也得信任『高山堂』任堂主和『流水堂』鄧堂主，假如他們不盡忠效命，再殺未遲。」

狄飛驚這樣一說，「七聖盟」裡投靠「六分半堂」的人都如蒙皇恩大赦，稱頌稱禱，各慷慨陳詞，以表忠心。狄飛驚冷笑道：「不怕你們表裡不一，我自有治你們的法子。」

這麼一來，「金風細雨樓」那兒也把來投的「迷天七聖」徒眾盡數收錄，由楊無邪及師無愧主事，蘇夢枕則和莫北神跟雷損和狄飛驚談一些後天會面的細節。這時霧雨多已散去，天色轉晴，場中反而有一種被雨水洗滌過的清爽。陳斬槐一干誓死忠於「七聖盟」的「死士」，反而一時不知何所適從。

白愁飛臉冷冷的站在那兒，一副不想過問、十分傲岸的樣子。

王小石知他不悅，拉拉他的手說：「大哥自有他的道理，你若有話，留待回樓再說便是。」

「匹夫之勇，婦人之仁，意氣用事，剛愎自用。」白愁飛傲岸的道：「這樣怎能君臨天下，縱控大局！」

王小石聽得倒急了，怕給別人聽去，頓足道：「哎呀你——」

白愁飛冷誚地道：「沒想到你也是膽小怕事的人！」

王小石也氣了：「隨便你怎麼說，我也是為了——」

忽聽一個鶯鶯嚦嚦的聲音，說出了一句令他啼笑皆非的話，這句話是拍著手「唱」出來的：

「第一無恥鬼見愁，」這句話居然還有下句：「天下最蠢小石頭。」

◇◇◇

王小石一聽，頭都大了。

他知道唱的人是溫柔。

他只好問：「小石頭是誰？」

溫柔笑著瞇著眼湊著臉道：「是你啊！」

他只好指著自己的鼻子：「我蠢？」

「其實你還不算太蠢，」溫柔良心發現似的嘆道：「只不過比起本姑娘來，實在多了幾樣東西。」

王小石奇道：「什麼東西？」

溫柔笑嘻嘻的道：「一個春天，兩條蟲。」

王小石爲之氣結，只好又問：「你唱的鬼見愁，難道是他？」他說到「他」時，故意指向白愁飛。天下間有許多事情，多拉一人作伴，心理總會平衡一些，尤其是被人說了「蠢」字之後——更何況是溫柔溫女俠柔小姐罵他「蠢」！

溫柔一見白愁飛，立即寒起臉孔。

「不是他，是誰！」她恨恨地道：「世間還有誰比他更無恥!?」

「有。」

說「有」的人是唐寶牛。

「誰？」

「就是他，」唐寶牛大聲道：「『飯桶』張炭先生。」

唐寶牛一向開口得罪人多、稱讚人少，這次難得尊稱張炭爲「先生」，但在他外號上卻改了一個字。

一個重要的字眼。

一個嚴重的字。

張炭也走了過來，他臉上仍笑嘻嘻的，這一點倒是跟溫柔天生一對，兩人都是嘻笑著臉，不過溫柔一張俏臉，柔滑得像蛋黃一樣，張炭一張臉卻長滿了豆豆，黑膚紅瘡，對映分明，再說溫柔那張笑臉，是晴時多雲偶陣雨，又似川中的閃臉術，眨眼前還是笑，眨了眼後已成了嗔，再眨一次眼，只怕便變成怒了，這點是張炭所萬萬趕不上的；溫柔的情緒，變得就像張炭的偷竊術一樣不測。

王小石見張炭和唐寶牛這兩人都十分好玩，便故意的問，「爲什麼？」

「他偷了我的手絹！」唐寶牛仍深仇巨恨似的道：「君子不奪人所好，你說他是不是最卑鄙無恥下流賤格……」

張炭的碗早已放在地上，滿有意思的道：「哦，還有什麼？」

「當然還有，」唐寶牛一見他滿不在乎的樣子，心頭更加冒火，「惡毒陰險冷血無情……」

張炭笑道：「咦？冷血無情？豈不是把我喻爲四大名捕了？」

「我呸！你配!?」唐寶牛越罵越大聲：「奸詐狡猾喪德敗行……」

張炭問：「還有呢？」

唐寶牛氣沖沖的道：「小氣大意醜陋怪誕……」

張炭依然笑容滿臉，歪著頭問：「這回沒有了吧？」

王小石聽唐寶牛罵了那麼多，只怕張炭這輩子加起來都沒有人罵過他那麼多的「罪名」，難免恚怒，趕忙替唐寶牛答道：「沒有了，沒有了。」

唐寶牛搜盡枯腸，絞盡腦汁，也想不出些什麼罵人的話了，俗語有謂：拳頭不打笑臉人，對方沒有回嘴，罵粗話則未免有點那個，只好藉機下台：「今天一時想不出來，下次方恨少來，我叫他再罵過。」

張炭道：「你終於罵完了吧？」

唐寶牛以爲對方要回罵，擺定架式，挑釁似的道：「怎麼樣？」

張炭卻問：「你爲什麼要罵我？」

唐寶牛一呆，想了老半天，才記起原由來：「你偷了我的手絹啊！」

「手絹？」張炭怪笑道：「手絹不是在你右襟裡嗎？」

「明明是你拿去了，還想要……」唐寶牛話未說完，卻真的摸到一件柔柔軟軟的事物，掏出來一看，果真是那條絲絹，當下臉上一紅，吶吶地道：「這……那……我……那……這……嘻嘻……這……」

張炭不耐煩地道：「別這呀那呀的了，你錯罵我了，還不向我賠罪？」

「我爲什麼要向你賠不是？」唐寶牛抗聲，但已不像剛才罵人那樣嚷得澈響，「你剛才的確是摸去了我的手帕嘛，不知幾時，又偷偷的放回來了。」

說到這裡，忍不住加了一句：「賊就是賊！」

張炭剛才是有意捉弄他，所以唐寶牛罵他什麼，也沒在意，這一句倒可真的光火了，罵道：「你這個出口傷人的東西，你——」

雷純忽悠悠的嘆道：「得饒人處且饒人，張五哥，我看大家就少說一句吧！」

「好，」張炭強忍一口怒氣，悻悻然的道：「看在小姐的面上，我不怪他，俗語有云：狗咬呂洞賓，不識好人心。遇上這種動物，好壞不知，是非不分，我才不跟他一般見識……」

這次輪到唐寶牛衝動了起來，吼道：「你說什麼!?」卻見張炭身形一閃，以為他要向自己動手，忍不住一拳就揮了過去。

按照常理，以張炭的身手，斷沒有理由躲不開這一拳的，不料這一拳卻結結實實打在張炭左肩上，張炭悶哼一聲，只晃了一晃，卻一臉關懷之情，疾閃向雷純那兒。

只見雷純一雙清靈的眸子，正掛下兩行晶淚，唐寶牛一呆，脫口說道：「對不住，我打錯他了，我不打他就是了。」

張炭卻掠到雷純身邊，已無暇跟唐寶牛鬥嘴，只焦切的說：「雷姑娘，我不打架，妳別哭了。」

四十六　天下最蠢小石頭

雷純別過臉去，只聽她幽幽的聲音道：「五哥，你對我很好，這……不關你的事，我沒事。」

張炭平時口快舌滑、伶牙俐齒，但一見雷純流淚，全慌了手腳，不知如何勸慰是好。

王小石和白愁飛也不知道該怎麼相勸。

「她哭了。」王小石低聲道。

「我知道。」白愁飛沉聲道。

「我也有點想哭。」王小石苦笑道：「所以我了解雷姑娘的心情。」

「今天雷純在這裡，是一種安排，一種設計，而且這種安排與設計，雷損是知道的，蘇大哥也知道，這是他們一手編排的彀，讓關七掉進去；」白愁飛說：「偏偏只有雷純不知道，所以我們只是棋子，而她比棋子還不如，只是餌。」

「至少更身不由己。」王小石說：「偏偏一個是她的爸爸，一個是她即將嫁過去的丈夫——說來，不久後要喚她作大嫂啦！」

王小石感覺到白愁飛的臉色變了、變得更是煞白。「雷純一天未嫁，還說不準是誰的夫人。」白愁飛的話又把王小石嚇了一跳，一大跳。「雷姑娘未必是爲雷損和蘇夢枕利用她爲餌，誘殺關七的事而哭。」

王小石不禁問：「那卻是爲了什麼？」

白愁飛道：「雷姑娘不一定就同意這門婚事。」

「可是雷損的確希望藉雷姑娘和蘇大哥結爲連理，來使『金風細雨樓』和『六分半堂』化干戈爲玉帛，結合爲一，免傷和氣，這不好嗎？」

「這只是雷損的如意算盤，不見得雷純會答應得心甘情願！」

「不過蘇大哥也是真的喜歡雷姑娘。」

「蘇樓主是一廂情願，雷姑娘可不一定喜歡他。」

「我明白了。」王小石恍然道。

「你明白了什麼？」這次倒是白愁飛詫問。

「我明白了問題出在什麼地方了。」

「什麼問題？」

「問題不在雷損，也不在蘇大哥，可能也不在雷姑娘，而是你；」王小石亮著眼睛小聲地道：「無論雷姑娘嫁給誰，你都不會高興。」

「對，」白愁飛直認不諱，「除非她嫁給我。在漢水上我見她第一眼，我心裡便立了這個誓：她是我的！」

「這樣，你會惹上許多麻煩的，」王小石搖首微嘆道：「這問題變成在你的心裡。世上本來沒有解決不了的問題，但當問題是出在你心裡的時候，除非是你自己去解開它，否則，任何人都解之不開。」

「你年紀比我輕，」白愁飛痛苦地道：「你不懂的。」

「誰說我不懂！你又怎知道我心裡真正的感受如何！」王小石抗聲道：「我只是不想你和大哥爲了雷姑娘，鬧出不快的事來！」

「什麼事？」溫柔只聽到一截、聽不到一截，後兩句倒是聽得清楚，忙問：「有什麼事解決不了的？你們告訴本姑娘，讓本姑娘來解決！」

王小石和白愁飛異口同聲地道：「妳!?」兩人只有相覷苦笑。

溫柔叉腰瞪著眼睛：「怎麼？要論解決大小問題，這兒捨我其誰？」

「對極了，」白愁飛喃喃地道：「妳有一句話，說得對極了。」

溫柔見白愁飛也誇讚她，得意洋洋的道：「本小姐說的話，一向真理與哲理並重，道理與學理兼具。本小姐說的話大都很有理，很多可以流傳千古，不知你指的是哪一句？」

「是是是，」白愁飛一副佩服得五體投地的樣子，「恭聆溫女俠教益，三生有幸，茅塞頓開，足慰平生，老懷暢甚，大澈大悟，死去活來。不過我最欣賞的一句，還是妳封賜給王小石的七字真言。」

溫柔呆了呆：「七字真言？」

「七字真言，可圈可點，溫姑娘貴人事忙，可能自己都記不得了，」白愁飛道：「那就是：『天下最蠢小石頭』七字！」

王小石怒道：「你——」

溫柔倒聽不出他的譏刺，猶興高采烈地道：「還有下一句，下一句是——」

白愁飛忙截道：「下一句我倒改動了幾個字。」

溫柔偏了偏頭問：「哪幾個字？」

白愁飛冷冷道：「『天生一對成溫柔』。」

溫柔起初沒聽懂，喃喃的唸：「天下最蠢小石頭，天生一對成溫柔……」忽然臉上飛紅了起來。

王小石掙紅了臉道：「白老二，你這算什麼意思!?」

白愁飛笑道：「沒意思，」他指指王小石，指指溫柔，「你們倆，智慧相等，天造地設而已！」

溫柔這次倒聽出來了，嗔道：「你是說我跟他——」嬌靨上這次倒真逼出了煞氣，「一般蠢!?」

王小石想罵白愁飛，可是聽溫柔這般大聲說破，氣得直頓腳，一時倒說不出話來了。

白愁飛忽笑道：「如果妳不蠢，這時候爲啥有要務不做，跑來偷聽兩個男人說話？」

「鬼才偷聽你們的無恥話語！」溫柔又氣又忿，但仍忘不了好奇本色，「要務？你說我該做啥要務？」

「這妳都不懂？」

「你說說看。」

「雷姑娘是不是妳的朋友？」

「是啊！」

「她哭了，妳還不過去勸勸她，妳這算哪一門子的朋友？」

溫柔「啊」了一聲，兇狠狠的瞪了白愁飛一眼，便走過去雷純那兒，還向白愁飛拋下一句兇狠狠的話：「讓我勸了純姊，再來跟你算賬！」掠過之際，嫌王小石礙路，一肘撞了過去，王小石狼狽閃開，「哇」的一聲，唐寶牛無緣無故的被她踩了一腳。

只聽溫柔還悻悻然的道：「你們都不是好東西！」

唐寶牛平白無辜的給她踩了一腳，真要叫起撞天屈來，指著自己的大鼻子氣呼呼的道：「這又關我的事!?」

忽聽雷純很柔和好聽的聲音道：「勸我作甚?我沒事啊！」

只見她已回過身來，臉容又恢復那清靈若夢，一點戚容都沒有，淚痕早已全消。

溫柔詫異地道：「噯，妳沒事了？」

雷純柔美地笑道：「我沒事呢!你們一現身，就把我救了，哪會有事！」

「對極了。」溫柔高興地道：「我都說妳沒事的了，鬼見愁，你叫我勸慰純姊，這次可認栽了吧？」

白愁飛忽然高聲說：「我認為，一個也不必留！」

他這句話不是向溫柔說的。

當然也不是向雷純或王小石說的。

他是向場中說的。

原來場中事情已逐一了結。「六分半堂」和「金風細雨樓」在這裡一帶埋伏的明椿、暗樁，都已回報，關七和五、六聖主都已被一批身分不明但武功極高的人物救走，鄧蒼生、任鬼神和顏鶴髮、朱小腰各為「六分半堂」及「金風細雨樓」收編自「迷天七聖」加入的部屬，蘇夢枕、楊無邪則與雷損、狄飛驚商討兩天後會談的情形與細節，大致已有了一定的協議，然後再議定剩下的二、三十名由陳斬槐帶領那群對「七聖盟」誓死效忠的人，該作如何處理。

眾說紛異。

雷損主張殺了，免留後患。

蘇夢枕認為放了，諒他們也不成大癰。

狄飛驚則認爲把這些人抓起來，看他們能硬得多久！

白愁飛突然發言，還是他一貫作風，力主「斬草除根」：「留下他們，是替自己增添敵人，製造障礙，與其日後也必殺他們，仇是結深了，樑子是挑定了，何不現在殺了乾淨？」

白愁飛這番話剛好就等於在駁斥蘇夢枕的意見，蘇夢枕只好道：「這兒畢竟是天子腳下，不能說殺就殺，如果是兩方廝拚，爲求保命，死傷難免，可是僅是爲了鏟除異己，便施辣手，了結數十條人命，未免說不過去。」

白愁飛昂然道：「其實那又有什麼分別？左也是殺人，右也是殺人，說到頭來是爲爭權奪利，瞎子都看得出來，又掩飾個什麼？現在簡捷了當，多殺幾個敵人，省得日後多添麻煩，多喪幾個自己的弟兄——真要做事，管它說不說得過去！」楊無邪只好挺身出來維護蘇夢枕的意見：「爲了達到和睦的目的，有時候，難免要先付出代價，說不得總以暴易暴、殺人拚命，但我們是皇城一大樓、京師第一堂，總不能趕盡殺絕，連降俘也不放過！」

陳斬槐大聲道：「我們不是戰俘，要放，咱們青山不改，後會有期，心領情不領；要殺，咱們也拚一個是一個，拚一雙是一雙！」

白愁飛冷笑道：「聽到了吧？這種人硬骨頭得很，放了，示好不成，反成了婦人之仁，噬臍莫及！」

雷損卻在這時支持蘇夢枕的話：「我倒認爲蘇公子的話有理。咱們敵對，各有所謀，戰鬥下各憑本領功夫，死傷各安天命，但這回子事以眾擊寡，殺幾個不肯屈服的漢子，卻反倒折辱了我們的名頭！」

「真愛名頭、講究清譽，雷總堂主大可不必來設計圍襲關七；」白愁飛不屑地道：「可笑的是人要稱英雄、充好漢，居然便搶著幹善舉、建廟堂，我倒說句諸位不愛聽的話：大家手上所沾的血，今生今世，就念一次佛便算超渡一次，只怕念一輩子也洗不了這手血腥，又何必再假惺惺！」

狄飛驚本來一直都很沉默，除了在他初現截擊關七的霎間外，他垂著頭，坐在棺廓之後，似在守候，又像對著那副棺材也默禱什麼，此刻忽道：「看來，『金風細雨樓』作主的人，的確不像是一位……」

楊無邪怒道：「姓狄的，你少來挑撥離間！」

王小石大聲道：「我贊成蘇大哥的話！」

白愁飛冷哼道：「小石頭，咱們就事論事，不是妄言泛語，當戲子給人尋樂子，這次放了他們，不啻是替關七日後復出鋪路，你要真愛護『金風細雨樓』，就不會服從這種餿主意！」

「如果凡是你的敵人就殺，你還有幾個朋友？」王小石反問：「你一生中能殺幾個敵人？不是朋友的敵人就殺，到頭來只有一個結果：那就是把所有的朋友都殺成了敵人！」

白愁飛冷笑道：「你以爲放了他們，就會成爲我們的朋友？那未免太異想天開了。」

「這不是放，而是誰都有活下去的權利，誰都沒有權利去殺誰；我們不殺人，天經地義，也沒索取什麼報答，有什麼可異想天開的？」王小石凜然道：「我們捺死一隻螞蟻，可能是因爲牠螫了我們一口、侵佔我們的食糧；如果牠不犯我，我又何需捺去牠的性命？人不犯我，我不犯人；人若犯我，如果犯得並不該死，也不一定要殺人。我們頭上也有一隻看不見的大手，如果無緣無故就要殺人，只要一捺，化作天災奇禍，我們早已不存於這世上了。」

「如果你指的是上天，上天根本就無道無親，視萬物爲芻狗；天地不仁，常與善人。我們不殺人，自有人殺人，爲了自己不給人殺，不如自己多殺點人；」白愁飛自施「三指彈天」後，臉色一直都是出奇地白，未能恢復，「哪個幹大事的人不殺人？殺人不是件什麼大不了的事；哪個人活在世上不曾殺人？只是他可能不用刀，不用血，而用思想、用計謀、用他自己的方式，『殺』得別人變成有利於他，而他又被別人『殺』得有益於他們。」

王小石反問：「你今天說這種話，是因爲你有本領殺人，如果，你失去了這種本事，大家都來殺你，你又會怎麼說？」

白愁飛堅定的道：「沒有本領的人，都該死；沒有本事的人，如果不趁早學些本事，被人殺了，也不應有怨言。人活著，本就殺著人，或被人所殺。」

王小石道：「你這幾句話，本該是半痴近狂的關七才說的。」

白愁飛道：「關七口裡重複幾遍的話，本就是我一語點醒的；我那一句話，比一劍刺中他要害還要命。」

王小石道：「看來，你比關七還要狂。」

「他何止像關七一般狂？」雷純忽然插口說：「他也像關七一樣瘋！」

白愁飛雙眉一軒，還未說話，雷純已加了一句：「而且，他比關七還笨！」

——笨！

這個字要是出自溫柔口中，他還可以容忍，因爲世上有些自以爲聰明的人，常常喜歡說人愚笨；而真正聰明的人，絕不讓太多的人知道他的聰明，寧可讓人以爲他笨。所以一個真聰明的人，絕不會讓人知道他聰明；只有一個不甚聰明的人，才處處讓人知道他聰明絕頂。

可是，雷純卻在當眾斥他「笨」！

白愁飛蒼白的臉色，第一次湧上了血色。

「關七身懷絕技，至少，他要驚動京城裡二大幫派、五大高手，才傷得了他，但仍制他不住，他才說出這種『人不殺我，我就殺人』的豪語；」雷純欸欸的道：「白公子卻似乎還沒有這個能力，也沒有這個實力，就說這樣的話，也不怕殺不著人，便先給人殺了！」

白愁飛臉上更紅了，正待說話，雷純又道：「如果沒有維持和平的力量，便妄論維護和平，主持正義，那只是個笑話；如果沒有保護自己的力量，便要保護他人，那是不切實際的；」她語音柔和，可是話鋒直比蘇夢枕的刀還銳利：「一個人要量才、適性，不近自己性情的事，是做不來的，就算做得來，也會做得不舒服、不適合；可是一個人不自量，就會做出許多傻事、說出許多傻話，你說，這不是笨，還算什麼？」

四十七　量才適性

「像你現在，可能忿忿難平，可能對我的話一點也不服氣，可是那有什麼用？」雷純道：「如果不與女鬥，你不能跟我鬥口，而又不能一指把我殺了，你也只有徒自氣憤而已！所以說，如果不自量力，妄自尊大，逼人於絕，不留餘地，只是自取其辱而已。」

王小石的臉色變得很難看。

雷純那一番話，當然不是針對他的，可是他可以想像得出，一向傲慢的白愁飛，被雷純當眾斥責，會有怎麼樣的反應。

可是白愁飛的反應，完全出乎王小石意料之外。

他深深地呼吸。

然後吐出了一口氣。

接著他緩步前行，走向雷純。

他這一個舉措，使得場中四大高手，都留意了起來。

也擔心了起來。

——如果白愁飛對純兒出手，自己絕不可能袖手旁觀，可是，這樣一來，說不定就要與蘇夢枕決戰當堂。

雷損這樣想。

——假如白愁飛向雷姑娘出手，自己沒有理由不加以阻止，但這一阻攔，很可能就與白愁飛發生爭執，白愁飛這人自負、執拗得很，一旦衝突起來，恐怕不易化解。

蘇夢枕暗忖。

——假若白愁飛竟向雷小姐施辣手，雷總堂主可能要被逼出手，所以自己一定要先總堂主而制止白愁飛，但此舉可能致使「六分半堂」與「金風細雨樓」就要在此地決一勝負！

狄飛驚也是這樣思忖著。

——白愁飛不能出手！對這樣一個弱女子下手，實在太不像話了，無論如何，自己說什麼都得要攔住他，白愁飛一旦決定了的事，是絕不讓人阻撓的，只怕……

王小石心裡比誰都急。

張炭已攔在雷純身前。

他已見識過白愁飛的武功。

他明知自己不是對方的敵手。

可是，任何人都不得傷害雷純，只要有他在的一日，他絕不讓任何人加一指於雷姑娘！

◇◇◇

白愁飛走過去，冷冷地看了張炭一眼，那一眼，只有一句話可以形容：

——目中無人。

然後他轉睛去看地上的死人。

蘭衣劍婢。

「她死得太可惜了，」白愁飛道：「妳的主人真要有本領，就該爲妳報仇，而少在這兒嚼舌根。」

白愁飛這句話，當然還是帶著譏刺，可是他這樣一說，在場的幾個舉足輕重的人物，全都放下心頭的一塊大石，全都卸下暗中提起的一口真氣。

可是，只有王小石的心裡，換過了一個問題。

一個奇異的問題。

電光石火般的換過。

——要是白愁飛對雷純出了手，「金風細雨樓」和「六分半堂」的高手，甚至是自己，也都會全力相護，這樣說來，雷純的身份，豈不是非常的微妙，甚至在某種層次上，要比在場的一眾高手，還要有份量得多了？

不過這意念只是一閃而滅。

人生有很多意念都如是。

——如果你不去刻意捕捉它，或馬上記下來，它就不會在世間存在，也不會在你腦海留下痕跡。

只是，世間許多扭轉乾坤，影響深遠的大事，都是由剎那間意念所形成的。

「我們就在後天午時，『六分半堂』總堂候駕。」

「一言爲定。」

「後會有期。」

通常，「一言爲定」和「後會有期」，都是定約盟、臨分手時所說的話語。

可是雷損和蘇夢枕都不是這個意思。

說的人神色凝重，聽的人也臉色沉重。

因爲他們都知道，那是兩個人的名字。

一個是「六分半堂」的供奉，一個是「金風細雨樓」的長老。

蘇夢枕自也是個心高氣傲的人。能被他奉爲長老的人，自是非同小可的人物。

在樓子裡人人都知道，就算對蘇夢枕略爲失敬，還未必遭重罰，但若對「一言爲定」有絲毫失態，隨時會遭殺身之禍。

這是個老人，曾在朝廷任職制定經筵儀洛、論辯政事，曾任「侍讀學士」官銜，失勢之後，退任「金風細雨樓」的長老，因顧念當年聲譽，不便以真名示人，江湖中人，都以「一言爲定」稱之。此人說話一言九鼎，當年，在皇帝面前講經明義、進諫辯政，連天子都得聽他幾分的話，在武林中，他的地位更加特別，說出來的話，更有權威。

「一言爲定」說出來的話，就像囚犯在監牢接到了判決。

「後會有期」則剛好相反。

當他對人說這句話的時候，一個好端端的人遲早都會變成囚犯，與他在獄中「後會有期」。

因爲「後會有期」掌管的是刑部，由留縣小捕快一路升到知審刑院評議，後掌大理獄員外郎，眼看要升到尙書侍郎，卻因脾氣太壞殺戮過重而被御史及部下朱月明彈劾，被撤職查辦，搖身一變，在「六分半堂」裡貴爲供奉。

一個人能夠在久經變亂的「六分半堂」任職供奉，達廿年之久，而他本身又非姓雷，自有過人之能。

「後會有期」絕對是能幹、幹練的人。

一個真正能幹的人，不會什麼事都由他去幹；正如一個說話有份量的人，不會什麼話都交由他說一般。

而今，在蘇夢枕和雷損的對話裡，已明明白白的顯示了：

後天正午「六分半總堂」之會，不但「一言爲定」要出現，「後會有期」也要登場。

——如果不是生死之決、存亡之會，又怎會驚動這兩位本是朝廷大老，現今是兩派元老的人物？

◇◇◇

「一言爲定」。

「後會有期」。

這兩個人的名字，絕對能夠鎭壓場面。

同時還有另一個好處。

那就是可以當作分手前的話語。

蘇夢枕和雷損說完了，就各自走各自的路。

他們一走，他們的部下也就跟著撤走。

蘇夢枕步伐一動，整個「金風細雨樓」旗下的高手，也簇擁而去，陣勢依然有條不紊，王小石和白愁飛心裡忽然生起了一種感受：

——蘇夢枕是「金風細雨樓」的蘇夢枕，當一大群人擁護著他的時候，他是君臨天下而又名動天下更是獨步天下的蘇公子，跟昨天和他倆聯袂上三合樓，彷彿是迥然不同的兩個人！

——這是「紅袖夢枕第一刀」的氣派？

——還是他們三人間本來就存在著的距離？

王小石不知道答案。

只不過，王小石微微感覺到，蘇夢枕轉身而去的時候，好像跟白愁飛交換了眼色。這眼色就像交換了一個祕密似的。

白愁飛似已有了自己的答案。

王小石雖然並不明白，但有一點是可以肯定的。

人越多，高手越強，鬥爭越劇烈，一向看來病懨懨的蘇夢枕，卻逼現了更強烈更無匹的氣魄與氣派。

也許，只有一個時候，只有一個人，曾在頃刻間攫奪了他的鋒芒，雖然時間極短，也確只有一次。

那就在剛才。

那就是關七。

關七不但攫去蘇夢枕的鋒芒，震退雷損，也鎮住王小石和白愁飛。

他只被一件事物所懾住。

——那就是這口棺材！

一口棺材，到底有什麼可怕的？

關七爲什麼要怕一副棺材？

這時候，王小石和白愁飛跟隨蘇夢枕一伙撤走，顏鶴髮和朱小腰率部眾隨後而去，鄧蒼生和任鬼神則跟雷損的隊伍撤離，陳斬槐等一干「七聖盟」的忠心部下，垂頭喪氣的另走他道，雷純本也要走，卻見場中剩下溫柔、唐寶牛和張炭，各有點惶惶然，也有點黯然。

雷純奇道：「你們不走？」

「走？」張炭苦笑道：「走去什麼地方？」

「回『六分半堂』啊！」雷純雖然盛意拳拳，但誰都可以看得出她正愁眉莫展，「好不容易才盼得五哥你來京城，你才這麼留不到半個月，就要走了麼？」

「雷小姐，」張炭忽然客氣了起來，「我們結義的時候，我並不知道妳就是『六分半堂』總堂主的掌上明珠，對不對？」

「對。」

「當初，妳在廬山救了我的時候，我很感激，但我那時候也不知道妳就是雷損的獨女，是不是？」

「是。」

「雖然，我現在已經知道了，我仍然很感謝妳救了我。」

「如果說謝，五哥一路上對我的照顧和保護，那又怎麼謝得完呢？」

「可惜，妳是『六分半堂』雷總堂主的女兒。」

「可是，這跟咱們的交情，完全沒有關係呀！」

「有關係的，」張炭沉重地道：「先前我不知道，所以才敢與妳結爲兄妹的。」

「現在是我雷純與張哥哥結爲兄妹，這跟什麼人都扯不上關係，咱們一路上也沒怕什麼人誤解，怎麼到這兒反而要計較起來？」雷純道：「五哥，我不明白。」

「妳是『六分半堂』的……總之，我高攀不上！」張炭道：「坦白說，這一個月來，我因妳而加入『六分半堂』，我……我也覺得跟他們……格格不入！」

「張五哥光明磊落，任俠尙義，對『六分半堂』的所作所爲，自然會有些看不過眼，我曉得，要不是五哥爲了小妹，肯定拂袖而去了，」雷純婉然的道：「可是，五哥就算不在『六分半堂』，也可以多來相伴小妹呀！人各有志，小妹不敢用『六分半堂』留住五哥，爹爹也不會相強，只不過……」

說到這兒，雷純委婉的道：「也許……也許張五哥早就討厭與小妹在一起了，怪不得總是稱我雷姑娘，那……我也就不敢相留了。」

「快別那樣說！」張炭一聽，倒是急了：「我絕不是那個意思。咱們在『愁予亭』結義的時候，我也不敢稱妳為妹妹，心頭裡雖是那樣看待，但總覺得自己不配……」

「這話怎說？有啥配不配的？」雷純無法接受張炭口裡道出的意思，「自長安到漢水，這一路上，要不是有五哥護著我，只怕，我早已沒命返京了。」

「那算什麼？我除了會幾下三腳貓的功夫之外，啥也不懂，七妹子就憑天生聰慧，一見面就救了我一回，說來慚愧哩！」張炭頹然道：「只是，我來到京城後，發現不管『六分半堂』還是『金風細雨樓』裡的高手，比我高明的，在所多有，剛才令尊露了一手，足教我練一輩子都趕不上，那位狄大堂主雖未曾出手，但看來也是頂尖兒好手，就算七妹子日後嫁到『金風細雨樓』去，蘇公子還有剛才那什麼大小石頭的兩人，都是一流高手，我來京師，別無他意，只想匡護七妹，不讓他人沾及我妹子的一片衣衫，而今，妳看，這算什麼了？真是丟臉丟到了家，」張炭搔著頭皮道：「趁我還沒把臉掉到襪裡去之前，還是早些向七妹子告辭，總比日後七妹子只記得我這個貽笑大方的窩囊廢的好。」

雷純聽他已不自覺地喚自己為「七妹子」，心裡正欣喜間，忽又聽他提及「六分半堂」與「金風細雨樓」，又覺一陣惆悵：「『六分半堂』高手如雲，『金風細雨樓』高手遍佈，跟我又有啥關係？我只是一個身不由己的人，爹爹要我嫁給蘇公子，我就成了『金風細雨樓』的人，他們拿我當餌，把關七引來，我就成了餌，我既身不由己，他們也沒把我拿當什麼看待。」

「雷老總這種做法，未免太過份了！」張炭忿忿地道：「蘇夢枕也不像話！」

溫柔在旁，聽了一會，還摸不著腦袋，此際忽想起這後一句話，與她可大有關係，忙瞪眼叱道：「你罵我師哥!?」

「對，對。」唐寶牛忽插口道：「你說對了！」

溫柔沒想到唐寶牛居然會在這個時候扯她的後腿，一時氣得說不出話來。

唐寶牛向張炭道：「你知道我為什麼連說兩聲『對』嗎？」

他當自己的話像聖旨一樣，張炭此時可沒心情理會他，誰知唐寶牛見他不問，便逕自說下去：「第二聲『對』，是你罵對了。第一聲『對』呢？」

天底下大凡愛說話的人，總有把話說下去的「本領」。唐寶牛實行自問自答：「是贊同你剛才罵自己的功夫只有三腳貓幾下，也說對了！」

雷純誠不願張炭跟唐寶牛發生衝突，岔開話題道：「你記得嗎？初初認識你的時候，我還叫你小張，到現在，還是改不了口。其實你是我的五哥啦！你看小妹子多沒規矩。」

張炭忙道：「咱們『桃花社』的『七道旋風』，才不講究這些！誰喚誰什麼名號，都是一樣，計較個啥！」

雷純悠悠地道：「那麼，五哥來京城，只爲了見見小妹，又對我的門戶，計較個什麼呢？」

「剛才，雷姑娘說過，人，應該要量才適性；」張炭有些忸怩的說：「我怕我太不度量，太不適性了。」

「那些話，我是用來鎮住那個自負自大的白愁飛的，你怎麼聽在心裡呢？」雷純道：「好啦，好啦，小妹現在就給你賠不是，你別叫我做雷姑娘，就叫七妹或小妹子，好不好？」

「不好，」張炭堅持地道：「就算咱們義結金蘭，一路上，我還是稱妳爲雷姑娘，除了賴大姊之外，妳跟我們誰都不一樣。」

「隨你怎麼叫，」雷純道：「我還是當你是我的五哥，你說走就走，我可不依。」

「我也不是這就走，好歹也要等『六分半堂』和『金風細雨樓』的事有個段落，認定誰都沒欺負妳，我才能走得放心，」張炭自嘲地笑道：「不過，憑我這兩下子，只怕真要動手時，我可護不了誰。」

雷純滿臉的不同意，但猶未來得及說話，唐寶牛已作出春雷一般的大喝：「喂，飯桶，你這算幹啥!?婆婆媽媽嘮嘮叨叨的自貶身價，也不擰過黑炭頭腦袋想想，你要是那麼不堪，剛才怎麼能跟我天下難有敵手、無敵最是寂寞的唐寶牛巨俠幾乎打成平手!?」

他把「幾乎」兩個字，唸得特別響亮，務使任何人都聽清楚並記住了這兩個字，以免旁人「誤會」。

就算是他在「鼓勵」張炭的時候，也要明確表示，他仍是技高一籌的。

四十八　我要

張炭只苦笑一下，沒有反駁。

這一來，唐寶牛心中可憋死了。平素，他與方恨少等人在一起，沒事就專抬抬槓、罵罵架，時間反而易於打發，這次在京城裡遇上了溫柔，口裡處處與她爭執，心裡卻是掛慮她；她雖說是蘇夢枕的師妹，「金風細雨樓」的子弟都維護她，但她啥事也不懂，夾在朝廷內爭和「金風細雨樓」、「六分半堂」、「迷天七聖」的鬥爭中，只怕要吃虧了，說來說去，他是寧給溫柔叱罵，都不願走。

這次赴三合樓，見著張炭，真個「驚爲天人」，難得有一個人能像方恨少那樣，沒事跟他耍嘴皮子、鬥鬥氣，罵過了火也不記在心裡，遇事時卻能禍患與共，他心裡直樂開了，不料，眼前見得張炭爲了雷純，如此無精打采、心無鬥志，登時感觸了起來，愀然不樂。

「其實，京城也沒什麼可留戀的，」雷純悠悠一嘆道：「俟這兒事了，我也想跟你和『桃花社』的兄姊們，上廬山、赴古都、買舟輕渡愁予江，那多好啊！」

張炭嚮往地道：「那真是好……」

雷純偏一偏首，問：「怎麼了？」

張炭垂首道：「沒什麼。」

雷純專注地說：「我覺得你接下去還有話要說的。」

「我總覺得妳不是那樣的人，」張炭搖首悠然地道：「妳跟我們『桃花社』的大姊不同，她可以退隱，既很避世，也可以很出世，妳則很入世，也很能幹。」

「我能幹？」雷純笑了一下，笑起來眼睛瞇了一瞇，皓齒像白而小的石子，仍是那麼好看，但讓人看了，卻有一陣無奈的凄迷與心酸，「我卻連武功也不會。我自幼經筋太弱，不能習武，習武不能不學內功心法，可是一學內力，我就會五臟翻騰，氣脈全亂，血氣逆行、走火入魔，所以，我就成了要人照顧的廢人一個。」

說到這裡，她又笑了一笑，道：「其實，我活到現在，這已經算是個奇蹟了。」

溫柔聽著聽著，看著看著，忽然覺得，難怪眼前的雷純，是這般絕世的音容，就像幽谷中的蘭花，清純得像水的柔膚，經不得一記輕彈，原來她的體質那麼薄，是不是紅顏都薄命呢？不薄命的紅顏，是不是會化作禍水呢？身作紅顏、生作紅顏，如果不薄命，即要成禍水，那麼，該當禍水好呢？還是薄命算了？薄命害苦了自己，禍水害苦了別人。那麼，該害人好呢？還是害己好？她倒覺得自己非常漂亮，可是，她的身體很健康呢！看去沒啥薄命的感覺，難道自己是禍水？不過，自己沒害著人，倒是給鬼見愁和小石頭氣得火冒三千丈……自己不是禍水、又非薄命，難道……

——難道自己不是紅顏!?

——不可能的！

——若是，這打擊實在太大了！

——像我那麼美麗的女子，都不能稱作紅顏，那麼，世間溜溜的女子，至多只能算是青顏、藍顏、白顏、朱顏了……

——當然，說什麼，都得除了雷純之外……

溫柔這樣胡思亂想著，但對雷純清麗的容色，卻十分的服氣。她心中想：要是我是男孩子，我也一定喜歡她……卻因想到這一點，而想到白愁飛，心裡一陣恍惚，如掉入冰窖裡，一時間，半句話都說不出來了。

張炭卻趕緊道：「雷姑娘，妳別這麼說，會不會武功，根本算不了什麼，那次，記得是去年的六月初一，我要回鷹潭探親——」

雷純笑了，眼睛像星子一般的閃亮著，皓齒也白得令人心眩，像一個很快樂、很美麗、很單純的小女孩，正在聽大哥哥講述有趣好玩的故事，「還說呢！五哥真的去探親——鷹潭鄉下訂了頭親事呢！」

張炭也笑了，臉上居然紅了，像他那麼一張黑臉，居然也紅得讓人瞧得出來，這可連唐寶牛也看直了眼。

可是張炭的羞怯，很快的又轉爲忿意。

「不過，我回到家鄉的時候，一切都變了……」

說到這裡，就不說了，也可能是說不下去了。

雷純連忙接著道：「那都是過去的事了。」

「我知道，這一年多來，我也儘可能不去想它。」張炭低沉地道：「現在我說出來，是想告訴妳，那時候，妳不會武功，卻救了我，要不是妳，我早就喪在『肥水不流別人田』的手裡了……」

雷純笑道：「機緣巧合，所幸如此，讓我有這個仙緣，結識五哥。」

唐寶牛平生爲人，何其多管閒事，一聽之下，有頭無尾，怎生忍得？「你們說什麼？是不是那個惡人田老子？」

張炭不理他。

雷純不置可否，只說：「過去的事，還提來作啥！」

張炭卻認真的道：「七妹子，妳雖不諳武功，但麗質蘭心，除了賴大姊之外，妳比我們都強得多了。」

雷純淸淸地笑了一笑，道：「我知道你的用心，我也不敢妄自菲薄，所以……不是一直活到現在嗎？」

唐寶牛幾乎吼道：「什麼事嘛！吞吞吐吐的，這算什麼男子漢!?」

溫柔也憋不住了，婉聲哀求似的說：「你說嘛，你說嘛……」見張炭不理，立即轉求爲嗔，「你不說，就是不把我們當作朋友了？」見張炭仍不爲所動，即轉嗔爲怒，「你不說就算，你求我聽，本姑娘還不要聽呢！」

張炭仍是沒說。

溫柔正要翻臉，雷純忙道：「柔妹，待會兒有的是時候，不如妳來『六分半堂』玩玩逛逛，姊姊再說予妳聽好了。」

溫柔十分聽雷純的話，只這麼一句，便轉忿爲笑，要是旁的人，她才不依呢！

唐寶牛目定口呆好一會，才喃喃地道：「奇蹟，奇蹟……」

這次輪到張炭禁不住問：「什麼奇蹟？」他原本也是個多管閒事，唯恐天下不亂之輩，剛才只是被勾起傷心事，一時恢復不過來，而致完全變了個人似的，而今，心情已略爲恢復，又「原形畢露」了起來。

唐寶牛心直口快，說：「了不起，了不起。」

這回輪到張炭發了急：「什麼這樣了不起？」

「女人，唉，女人，」唐寶牛嘆道：「女人多變，猶勝我唐門暗器。」

張炭赫然道：「你真的是蜀中唐門的人？」

唐寶牛回過身來，一對虎目，瞪住他道：「我是不是姓唐？」

張炭一窒，只好道：「是吧！」

唐寶牛氣虎虎的道：「姓唐的就一定是四川姓唐的那家嗎？不能有第二家？姓唐的使暗器，就一定是川西唐家堡的暗器嗎？不能有第二家麼？」

張炭給他問得有些招架不住，只好囁嚅地道：「有是有……不過，不過……」

唐寶牛又吼了：「不過什麼!?有話快說，有……那個快放！」他因「姑念」在場有兩個女孩子，而且都雲英未嫁，貌美如花，說話總算已「保留」了那麼一些。

張炭說：「別的唐門，似乎沒那麼出名。」

「有一家，也有一個，名動天下，」唐寶牛認認真真的道：「保準比蜀中唐門有名！」

張炭嘿嘿乾笑道：「該不是閣下自創的那一家吧？」

「絕對不是，有史為證，」唐寶牛光明坦蕩的說：「你以為我會像你那麼自大狂麼？」

這回，溫柔和張炭都自卑了起來，思前想後，怎麼都想不到究竟是哪一號人物，忍不住，齊聲問：

「是誰？」

「唐三藏！」唐寶牛得意洋洋的說：「他的暗器是連齊天大聖都能治得服服貼貼的金剛圈，是如來佛祖傳授給他的。」

說完這句話，唐寶牛站在那兒，看他的樣子，一定是以為自己是可以升天的佛祖了。

要不是有雷純，他真有點可能被張炭和溫柔聯手打得「昇」了「天」。

「你又不說是唐明皇！」張炭叫了起來：「你飛夢都可以殺人哩！」

雷純連忙勸阻。

「溫柔是我所見過最乖的女孩子，也是我最乖的妹子，」雷純這樣說：「五哥當然也會知道，唐巨俠風趣好玩，才跟你們開了個玩笑。」

她補充了一句：「開玩笑也要向有度量的人才開的，唐巨俠慧眼識人，這次可真選對了人。」

就這幾句話，一切干戈，化解於無形。

溫柔要做乖女孩。

張炭只好不與唐寶牛計較。

「我們且不管唐三藏是不是姓唐的，但唐巨俠的聯想力無疑十分豐富，連孫悟空都變成了武林人物，真是一種創舉，」雷純輕輕的笑著說：「也許，古代的神話故事，根本就是當代的俠義傳奇，只不過再誇張了一些些，說不定，真有其人、實有其事呢！」

溫柔卻說：「雷姊姊怎麼看我是乖孩子？」

雷純微訝反問：「怎麼？妳不乖嗎？」

溫柔唉聲嘆氣的道：「現在的女孩子，都不是乖了，她們都愛壞的，越壞，就越爲人所接受，越會使壞，就越爲人所看好、爲人所崇拜。」

「是麼？」雷純悠悠遊遊地道：「現下江湖上時興這個麼？」

溫柔眨著星眼：「是呀，而且，我自己覺得，我一向都不是很乖，家裡給我鬧得誰都怕了我，雞飛狗跳，拜入了小寒山門下，師父也說我：師兄姊們當中，算我最皮，最不長進，又最會搗亂……」

「妳聰明呀，才頑皮，聰明人才能頑皮得起。」雷純笑吟吟地道：「妳師父這樣說，只不過是跟妳鬧著玩罷了……」

溫柔分辯道：「不啊，我師父平日對我挺慈藹的，但她訓起人來，也夠把人嚇得魄散魂飛的了……」

雷純肅然道：「尊師紅袖神尼，是當今武林中最受敬重的人物之一，與世無爭，避世已久，她說的話，可都是用心良苦，並非苛責，要是她不疼妳，妳不乖，她怎會讓妳不遠千里，來勸妳大師兄回心轉意來著了……」

溫柔不聽猶可，聽到這裡，眼圈兒一紅，道：「就是呀，他們給我出來就好了。」

這一句話，倒把雷純、張炭等全嚇了一跳，雷純詫然問：「妳是說……」張炭道：「妳出來，令師和令尊……」雷純道：「他們都不知道？」張炭急道：「那妳還敢出來？」

溫柔一見他們全變了臉色，她自己嘴兒一撇，幾要想哭，雷純忙拍拍她的肩膀，撫著她那烏瀑也似的長髮，柔聲道：「妳說過，妳這次出來，是令師紅袖神尼派妳來找蘇師哥的，而且，令尊『嵩陽十九手』溫晚溫大人，也同意妳來此，原來，妳是自己溜出來的……」

溫柔扁著嘴兒，很委屈地道：「就是呀，我要是不偷溜出來，他們這輩子只怕都不讓我出來呢！要俟我學成之後才能下山——那些功夫又不好學又不好玩，學成之後嘛，只怕我都眼角幾十條皺紋、額角幾百條皺紋，嘴角幾千條皺紋，老囉，還下山幹啥去？」

張炭和雷純都聽得暗捏了一把汗，想到德高望重的紅袖神尼，還有名重朝野的溫晚溫嵩陽，得知溫柔失蹤的消息，當何等之急！卻聽溫柔道：「要真的是師父叫我找蘇師哥回來，他哪還敢在京裡忙著跟妳爹爹鬧事！」

雷純和張炭這下總算是弄清楚了：溫柔這次來京，真的是沒得過紅袖神尼的首肯、溫晚的允可！

唐寶牛卻興高采烈地一拍大腿，可能用力太鉅，自己也痛得一齜牙，道：「好啊！這樣妳就不必趕著回去了，咱們玩夠了京城，就可以找沈大哥鬧著玩去！」

他口中的「沈大哥」，正是他所最崇仰的沈虎禪，沈虎禪和方恨少及唐寶牛，近年來被江湖上人稱爲「七大寇」，名義上雖是「寇」，但許多武林中的人，以及受過他們賑濟的貧寒弱小，都當他們如同「四大名捕」樣般崇敬的人物。

溫柔破涕爲笑：「好哇！」又抱住雷純的手邀道：「姊姊也去。」

雷純撫了撫她額前的髮，這樣看去，很有些奇特，因爲雷純樣子很小，舉措卻十分成熟，溫柔的樣子也很嬌孺，舉止間更顯稚嫩，兩人在一起，雖然溫柔諳武，雷純不會，但明顯地雷純像是她的姊姊，反而成了照顧她的人了。

「在沒有離開京城之前，不如妹妹來我處作客，」雷純說：「姊姊有私己話要跟妳說。」

張炭一聽，便道：「溫女俠是『金風細雨樓』的人，又是蘇公子的師妹，這樣過去『六分半堂』，恐怕有些不便吧？」

溫柔沒好氣的道：「你忒也太顧慮了，憑『六分半堂』想動本姑娘？他動得起？」

一個人目睹「六分半堂」和「金風細雨樓」的好手力鬥關七後，尚且還有那麼大的自信，信心絲毫不受動搖，怕也只有溫柔一人了。

當然還有一個人。

那人當然就是唐寶牛。

唐寶牛也興致勃勃的道：「好啊！我也過去瞧瞧。」

雷純仰著美麗的臉，問道：「你去幹什麼？」

唐寶牛一見這張幽艷的臉，登時酥了半截，暈了泰半，鼻癢癢的又想打噴嚏，只道：「我要……我要保護她呀！」

溫柔更沒好氣，啐道：「誰要你保護來著？」

「妳……」唐寶牛這頭被雷純一張水靈似的笑靨，弄得骨酥心亂，再加上嗔喜花容的溫柔，更沒了主意，「我……我只是要……」

溫柔頓足道：「你要什麼嘛？」

雷純溫和地笑道：「我們姊妹說些體己話，你不要來。」

唐寶牛吃吃地道：「那我……在什麼地方等妳？」

溫柔氣鼓鼓的道：「你不要等好了。」

雷純向張炭問道：「五哥要不要一道來『六分半堂』？」

張炭想了想，道：「我想，晚些才回去。」

雷純有些猶疑：「五哥……」

「哦，我不走的，就算走，也會先告訴妳一聲，妳放心，我不會不辭而別的，」張炭恍惚地道：「我只想靜一靜……不過，我仍是擔心，溫女俠她……」

「你也放心，爹知道溫女俠跟『金風細雨樓』，實在沒有太深的淵源，他要對付的是蘇公子，如果得罪溫妹妹，只是與紅袖神尼及溫晚結仇，對『六分半堂』一無好處，同時，也威脅不了蘇公子；至於『迷天七聖』已給掀翻了，在城裡大致不會有人再動得起我們姊妹兩人吧？」雷純這樣地道，溫柔卻聽不出來，雷純其實已經暗示了：溫柔無足輕重，就算擒下了她，也不足以使蘇夢枕就範，「如果小張你……你看我這又忘了叫五哥了。五哥擔心的是其他的人插手惹事，不過，『六分半堂』加上『金風細雨樓』，那是不會發生什麼亂子的。」

張炭明白雷純講的是實情。

雷損留住了豆子婆婆與林哥哥兩名堂主，在街口遠處等候雷純回返「六分半堂」，其實，也是在執行保護的責任。

看來，到了京城，雷純真的已不需要自己的保護。

溫柔在那邊，卻在忙不迭的支使蘇夢枕留下來護送她的師無愧先回「金風細雨樓」。

唐寶牛見張炭也不走，本來有點失落的心情，一變爲想打探別人的隱私，即過去用剛才拍自己大腿的力道一拍張炭肩膀，豪笑道：「來！咱們不管這干孔夫子說難養的動物，哥兒倆豪情豪情點，喝酒去！」

「豪情點？」張炭苦著臉撫著自己的肩膀：「我就擔心你老哥太豪情了。」

四十九　燃香

「你擔心些什麼？」

雷損上了馬車之後，就這樣地向狄飛驚問。

「顧盼自首無相知，

天下唯有狄飛驚。」

雷損唯一的知音，除了昔日的關昭弟，也許就只有狄飛驚。

——狄飛驚的唯一知音，會不會也就是雷損？

◇◇◇

雷損與狄飛驚的距離，足有九尺。

馬車很大。

十分寬敞。

就算在京城裡，除了皇親國戚、達官朝貴，也很少能見著這樣豪華的馬車。

他們兩人都背靠著車篷。

中間隔著一件事物。

——當然是那口棺材。

◇◇◇

棺材是雷損著人小心翼翼的搬上來的。

搬棺材的人，不但在「六分半堂」極有地位，就算手底下也絕對是硬點子。

就算是身份高、武功好，依然不能負責「抬」這一口棺材，也還要得到雷損的信任，以及他特別而嚴格的甄選。

雷損挑選的是乾淨的人。

特別乾淨的人。

通常武功練得好的人，特別乾淨的實在不能算是太多，也許那是因為一個有真材實料的人，反而不會花太多時間來修飾自己。

不過絕不是沒有。

雷損選的就是這種人。

——人要乾淨、武功要高。

而且雙手還要特別乾淨，不准留指甲，不許有些微污垢，要是在「扛」了這副棺木才給雷損發現他的手有些許「不乾淨」——譬如曾挖過鼻孔、摸過女人的下部、剔過牙齒——他就會把那人的手砍下來。

他做得到。

他做得出。

因爲他是雷損。

雷損要做的事，一定能做到。

近幾年來，也許他唯一做不到的事，便是對付不了蘇夢枕，滅不了「金風細雨樓」。

在「六分半堂」裡，被選爲負責「抬」這副棺材的人，是一種榮耀，也是一件隨時有殺身之禍的差事，要比出去與敵人拚命，更加戰戰兢兢。

他們都是年輕人。

雷損喜歡年輕人。

常與年輕人在一起，才能確保自己的心情不致老化。

這些年輕人，在抬起這副棺材前，至少都已淨手三次，所以，跟在他們身後，有好一些拿著洗手盤的人跟著，就連這些「托盤的人」，也是特別乾淨的人。

故此，江湖中人盛傳：得罪蘇夢枕，也許罪不致死，但要是開罪了「金風細雨樓」的長老「一言爲定」，蘇夢枕就絕不會放過他；同樣的，你對狄飛驚不尊重，也許還有可能不發生什麼，因爲狄飛驚的心思，誰也猜不透，包括他幾時發怒、幾時高興、對誰好、對什麼壞；要是激怒了雷損，或許也還會有一線生機，因爲雷損在大怒的時候，可能會殺了那人全家大小，可能擢升那人，造就他前所未有的地位，因爲雷損向來是一個小事急驚，遇大事沉著的人，可是絕不能、萬萬不能、永遠也不可以去「碰」雷損這口棺材。

——要是去觸摸雷損這口棺材，你一定會後悔爲何要生出來。

這是雷損的禁忌。

絕對的禁忌。

棺材被平平穩穩的停放在馬車篷中央後，雷損才「敢」上車來，狄飛驚上車，當然在雷損之後。

——他一向最知道自己最逼切要做好的事：不是如何爭先，而是如何隨後。

這點他一向很懂。

所以他是狄飛驚。

一直都是「六分半堂」的第二號人物。

他也很清楚：要不是他一向都這樣想、並且都這樣做、而且也做得很好，他這個「第二把交椅」早就塌了、碎了、不復存了，在「六分半堂」、武林中、江湖上、世間裡完全消失於無形。

包括他這個人。

雷損很喜歡狄飛驚。

也很敬重這個人。

因為他知道狄飛驚知道什麼是該做的、什麼才是不該做的。

——剛才純兒說到「量才適性」，狄飛驚無疑就是這種人。

有野心、有志氣、有魄力爭坐第一把交椅的人，俯拾皆是，在所多有，但一個有野心、有志氣、有魄力的人只願坐穩他的第二把交椅，才是萬中無一、罕見罕有的人物。

狄飛驚就是這樣的人物。

——可是狄飛驚怎麼卻憂愁起來呢？

——他擔心些什麼？

——後天正午的一戰？

——還是另外有些隱衷？

雷損知道這是他休歇的時候，也正是狄飛驚該說話的時候了。

這許多年來，他們之所以能合作無間，便是因為他們各自能演好自己的角色，各自站好自己的崗位，各自做好自己的本份，這充分發揮和互為照應的結果，使得「六分半堂」，強大無比——如果不是遇上了「金風細雨樓」。

棺材前，燒著一炷香。藏香。

藏香很香。

馬車內氤氳著悠忽的香氣，實在非常好聞。

——可是爲何要燃香？

——難道棺材裡躺著個死人？

——如是，死人是誰？何致於雷損這般注重？爲何不入土收殮？爲何在跟「金風細雨樓」會戰於三合樓時，仍然抬到戰場來？

——如果不是，因何燃香？

問題永遠是問題。

當我們試著解答一個問題時，如果你認真追索下去，又會產生許許多多的問題。

能夠有答案，尤其是正確答案的問題，其實並不多，但人生裡的問題，尤其是無法解決的問題，確實是太多太多了。

狄飛驚現在所提出的，顯然就是一個。

其中一個。

「你看這香。」

雷損看去。

香點著。

香燒了一截，香灰正斷塌下來，掉落在瓷製的小盃爐邊沿上。

雷損看不出什麼來。

「馬車是動著的。」狄飛驚又說了那麼一句。

這彷彿是句廢話。

馬車當然是動著的。

而且還直奔「六分半堂」。

——按照這樣的速度，只怕不消一個時辰，就可以回到總堂的「不動飛瀑」。

可是雷損知道狄飛驚必有所指。

所以他耐心的等下去。

等狄飛驚再說下去。

「所以風力很大，」狄飛驚果然說了下去：「風力猛勁的時候，會影響香的點燃，也就是說，有風的時候，香特別快燒完。」

他頓了頓，又道：「故此，我們以一頓飯來計算時間，那便不甚精確，因爲吃飯的人，有快有慢，要是由一直慕戀雷小姐的那位張炭來吃，只怕還不到他三扒兩撥，就只剩下了個空碗。」

然後他補充道：「同理，用一盞茶、一炷香、一眨眼來計算時間，都不大穩定，不大確實，如果這時間不重要，那還不如何，如果刹那間都足以判生死，那就所誤極大所謬極鉅矣。」

他垂著頭，但眼裡燿燿發光：「沒有時間，就沒有光陰，我們就不會衰弱，不會老、不會死，這樣重要的東西，沒有準確的計算，怎麼可以！」

他堅定地道：「我想，日後一定會有些發明，能夠計算出精確的時間，而且，也許，還能夠留住光陰。」

雷損似也期許地道：「但願能夠。」

狄飛驚道：「希望能夠。」

雷損接道：「可是，如果我們現在想不衰、不敗、不死，首先要解決的，便是蘇夢枕的問題。」

「我知道，」狄飛驚道：「這便是蘇夢枕的問題。」

雷損靜了下來，尋思。

「首先，我們曾猜測過，蘇夢枕之所以急於決戰，是因爲他沒有時間再等下去，」狄飛驚道：「因爲他生病。」

雷損點首道：「時間對他而言，非常重要。」

「時間對我們而言，也非常重要；」狄飛驚道：「他甚至想要在明天決戰，爲了怕我們臨時延期，他不惜失去地利、人和，答應帶隊闖入『六分半堂』。」

雷損嘴角似乎微微有了些笑意：「剛才，我刻意忍讓，是要培養出蘇夢枕的傲意和盛氣，就算是再精明的人，在傲慢與氣盛的時候，總是容易有缺失的。」

他把雙手攏在袖子深處，彷彿正在抱著自己：「我也藉此辨察他的盛衰強弱。剛才，我一味謙讓，而你替我處處與他爭鋒，我們都配合得天衣無縫。」

「有縫，」狄飛驚忽道：「如果我們織就的是天衣，我們的天衣絕對有縫。」

「『嵩陽大九手』溫晚麾下有一名強助，就叫做『天衣有縫』，與我們的『後會有期』，『金風細雨樓』的『一言爲定』，齊名江湖，你不是說這個人吧？」雷損微說地反向。

「我當然不是在說他，」狄飛驚道：「我只是在奇怪，蘇夢枕實在沒有必要把他的急躁和沉不住氣，表現出來，讓我們知道的。」

雷損道：「他是故意表現出來的？」

狄飛驚道：「只怕是。」

「他故意讓我們以爲他不能等？」

「如是，也就是說，他能等；」狄飛驚道：「至少，要比我們更能等，他才會故意表現不能等。」

「要是這樣，」雷損沉吟道：「我們以前的一切判斷，都得要推翻了。他既然能在我們故意表現得謙退畏怯的時候，刻意盛氣凌人，就是要讓我們對他作出錯誤的估計。」

「在戰場上，錯誤的估計，往往就等於失敗。」

「也就是說，他的病，不一定那麼沉重。」

「可能並不嚴重。」

「他腿上所著的暗器，也沒有發作開來。」

「看來是這樣的，」狄飛驚嘆了一口氣道：「雖然，花無錯的『綠豆』，無藥可解，就算及時剜去傷處，也難制止毒力蔓延。」

「而『一言爲定』依然活著？」

「並非沒有可能。」

「他故意要闖『六分半堂』？」

「有可能。」

「他有必勝的把握？」

「至少他現在仍沒有敗。」

「我們也還沒有敗。」

「因爲我們還未曾決戰。」

「我們只合力把『迷天七聖』解決掉。」

「但關七也還沒有死。」

「關七已經是個廢人，他斷了一臂，身受重傷，又遭雷殛，縱然能活得下來，也不足畏。」

「可是那在關七背後支持他的力量，依然是個謎；」狄飛驚慎重的說：「關七一臂被砍了下來，但那條『天下萬物，莫之能毀』的『辟神鋼鍊』，也等於是被這一刀砍了下來，關七是拖著他的斷手走的。」

「你的意思是說？」

「他本來有兩隻手，因被鍊子扣著，只有一半的用處，現在他只有一隻手，但完全恢復了功用。」狄飛驚的眼睛閃爍著智慧的光華，「京城裡，雖然已沒有第二個關七，但只要仍有半個關七，那也很可觀了。」

「何況還來了個白愁飛和王小石。」

「蘇夢枕要是沒有了白愁飛和王小石，他一定不會那麼有信心，那麼胸有成竹，」狄飛驚道：「他幸運，此時此際，來了這兩名強助。」

「他不一定幸運。」

「爲什麼？」這次輪到狄飛驚問。

「王小石和白愁飛，跟純兒是朋友。」雷損道：「男女間交朋友，很容易不只是朋友。」

這次狄飛驚沉默良久，然後才道：「我看得出來。」

「王小石和白愁飛既然是蘇夢枕的朋友，」雷損撚鬚道：「爲何不能成爲我的朋友？」

「可是他們之間已結爲兄弟。」

「朋友、兄弟、愛情、親情，有時候也會變質的，」雷損的眼裡也充滿著智慧：「只是看是什麼樣的威逼、和什麼樣的利誘。」

狄飛驚靜了下來。

「你的意見？」雷損忽問，他這句話的意思，是要狄飛驚說話。

「如果這計畫能成，的確能打擊到蘇夢枕的罩門，『金風細雨樓』的心臟，」狄飛驚道：「這樣重大的計畫、這樣重要的步驟，所以，在進行的時候，應該要特別小心一些。」

「你的意思是說……」

「當我們看到敵人的缺點的時候，很可能是敵人故意讓我們看到的，當我們看到敵人的優點，很可能那才是他的破綻。」狄飛驚一個字一個字慢慢地道：「對付像蘇夢枕這樣的敵人，是絲毫錯失不得的。」

「敵人可能是計？」

「可能。」

「就像以燃香來判斷時間一般，很容易會有差池？」

「是。」

「差池雖然很小，但在重要關頭，卻足以全軍覆沒？」

「同時也足以致命。」狄飛驚答道：「有一件事，你可能還不知道。」

「你說。」

「蘇夢枕來找過我。」

「他自己？」

「不，」狄飛驚道：「還有楊無邪。」

「那我們還算什麼？提前發動攻擊吧！」雷損看著他那副棺材，「我們就照蘇公子的計劃，來對付他自己！」

稿於一九八六年明報、南洋商報、時報周刊連載「殺楚」期間。

校於一九八八年聖誕節，與小方、梁四、何七、志明、志榮、惠芬共度／台「中視」首播「霹靂神捕」。

再校於一九九〇年十一月八日「菊豆」巧遇讀者孫醫生。

五十　紅樓夢

蘇夢枕、王小石、白愁飛一行人回到天泉山的「紅樓」裡，蘇夢枕一路行，一路咳，咳聲嗆烈，遠甚於他力戰關七、與雷損對峙之時。

樓子裡只剩下蘇夢枕、白愁飛、王小石、楊無邪、師無愧、莫北神等幾名要將。

王小石和白愁飛看著他如抽風袋般搐動著的肩背，眼中都流露出擔憂之色。

楊無邪自一口白玉小瓶倒出了幾顆藥丸。

蘇夢枕也不取水，仰首吞服，閤目養了一陣子的神，王小石低聲道：「大哥可能要先歇歇。」

白愁飛點首道：「我們晚上再來。」

蘇夢枕忽然又睜開了眼睛，又發出森冷寒光，忽然道：「禁忌！那是禁忌！」

眾人一時都不知道蘇夢枕指的是什麼，一時間都現出了茫然的表情。楊無邪返身入內，白愁飛卻道：「那也不一定。」

蘇夢枕即問：「爲什麼？」

白愁飛反問道：「我們今天是不是成功地打擊了『迷天七聖』？」

「至少是重創了關七。」

「關七他爲什麼會來？」

「他以爲『六分半堂』正與我們互相對峙中，沒想到我們竟會聯手，先剪除他。」

「所以敵人給我們看到的破綻，未必是真正的破綻。」白愁飛道：「我們看不到的破綻，往往才是敵人的罩門。」

「你的意思是說……」

「同樣的，敵人讓我們看到的禁忌，未必是真正的禁忌。」白愁飛飛了飛眉毛：「雷損表面上對那口棺材敬若神明，可能只是故弄玄虛。」

「可是，」蘇夢枕欣賞地道：「也可能不是。」

莫北神接道：「如果萬一是，我們就得要顧慮到，棺材裡的是什麼？」

白愁飛立刻反問道：「如果雷損的目的就是要我們大傷腦筋、大費周章、疑神疑鬼、投鼠忌器呢？」

莫北神微微一窒。楊無邪已從室內行出，手裡拿著一冊宗卷，道：「根據紀錄，在過去八年來，『六分半堂』在遇到重大事件的時候，雷損都抬出了棺材，沒有人知道棺材有沒有開啓過，因爲，在場的人，後來能活著的，只有一個狄飛驚。」

蘇夢枕沉思。

白愁飛蹙眉。

「還有，『六分半堂』的子弟，對這口棺材既敬且畏，如果是堂中小卒，冒瀆了棺廓，必定就地處死；當年，有一名堂主，因爲不小心把手在棺材上按了一按，雷損就叫人砍掉他按在棺上的兩隻手指，從此以後，再也沒有人敢在得到指令之前，行前那副棺木的十里之內。」楊無邪侃侃而道：「雷損在每一個月圓之夜，總是要獨對棺木一個晚上，誰也不知道他在幹什麼。」

蘇夢枕忽問：「雷損把棺木擱在哪裡？」

「不動飛瀑之前。」

「不動飛瀑是『六分半堂』重地？」王小石問。

「是。」楊無邪道。

蘇夢枕道：「後天我們正是要攻取這個地方。」

白愁飛問：「被砍掉手指的堂主是誰？」

楊無邪答：「他已被降爲第十三堂堂主，『獨腳鐵鶴』周角。」

白愁飛一皺眉，道：「『六分半堂』不是只有十二名堂主麼？」

楊無邪道：「周角被貶，只算是『半名』堂主，地位略高於丁瘦鶴、厲單、林示己、林己心等香主。」

白愁飛沉吟道：「哦……」

蘇夢枕眼神一亮：「二弟的意思……」

白愁飛道：「除了狄飛驚之外，周角是曾最接近及接觸過那口棺材的人——」

蘇夢枕道：「我們當然不能向狄飛驚求證的事——」

白愁飛接道：「卻可把周角『請』回來問問。」

蘇夢枕道：「『六分半堂』斷不會料到我們竟會打一名連堂主都算不上的人的主意。」

白愁飛道：「何況，周角手指被砍，心懷怨憤，就算未必會出賣『六分半堂』，但也對那口棺材心存嫌惡。」

蘇夢枕唇邊居然微微有點笑意：「所以，有時候，看來沒有用的人，卻常常大有所用。」

白愁飛道：「同樣，看來毫不起眼的疏忽，卻往往造成致命傷。」

蘇夢枕道：「但這個傷肯定是『六分半堂』的。」

「凡是傷，都會痛，敵人的傷處，就是自己出擊的重點，」白愁飛道：「不過，像狄飛驚那種傷，實在很可能反而成為出擊者的致命傷。」

蘇夢枕點點頭道：「你注意到了？」

白愁飛道：「我看見了。」

蘇夢枕道：「別人以為你很驕傲、很自負的時候，你卻什麼都留意到了。」

白愁飛道：「所以我才自大得起。」

蘇夢枕一時說不下去。

王小石即道：「你們是說狄飛驚曾抬過頭？」

蘇夢枕道：「在閃電的刹那。」

白愁飛道：「在攔截關七奪路而逃之際。」

「狄飛驚的頸骨沒有折斷，他自然也可能有武功，可能還是絕世的武功。」王小石問：「只是他爲啥要作這樣的隱瞞？」

「他要人掉以輕心。」白愁飛道：「敵人集中注意力在雷損，他就可以在重大關頭，助雷損一擊而勝。」

「不一定。」蘇夢枕忽道：「也有可能助我們一擊得成！」

「哦？」白愁飛目注蘇夢枕。

「雷損也不一定知道狄飛驚的頸骨沒有斷，」蘇夢枕道：「或者，狄飛驚的頸骨的確折斷過，可是現在又復原了。」

楊無邪道：「問題是在：雷損與狄飛驚合作無間、肝膽相照，並肩作戰的原由，我們找出來了沒有？」

王小石笑著說：「他們肝膽相照，也許是因爲他們一個生有肝病，一個患有膽病。」

莫北神卻正色道：「只要找得出原由來，就可以對症下藥了。」

蘇夢枕微喟道：「不過，天底下沒有顛撲不破的道理，也沒有拆不散的關係，永不變質的感情。」

白愁飛一哂道：「所以，也沒有永遠的朋友，永久的仇敵。」

王小石忽然大聲道：「不對！」

白愁飛瞪住他道：「就算不對，也是事實。」

王小石道：「要是人生是這個樣子，那還有什麼好玩？」

「活著是件莊嚴的事，沒啥好玩的；」蘇夢枕淡淡地道：「現實本就不好玩得很，只有在夢中才好玩。」

「活著就算不莊嚴，也很無奈，因爲你除了死，就是活，沒有別的選擇。」白愁飛道：「所以我要活得好，活得光采，活在勝利中，那才活得過癮，活得痛快！」

「因爲這是夢想，所以我們都活在夢裡，偶爾也算是會有點好玩的事兒。」蘇夢枕居然笑了，他一笑，又咳嗽，眉一蹙，像是什麼地方刺痛了一下似的，可是他若無其事的接道：「這是紅樓，我們彷彿都是活在一場紅樓的夢境裡。」

王小石喃喃地道：「不過，我們能在一起，共商大計，倒真似一場夢。」

「不過，到了後天，這場夢就得醒了。」蘇夢枕道：「不是『六分半堂』驚夢，便是『金風細雨樓』的夢醒。」

王小石問：「所以你才故意表現得非常驕傲？」

蘇夢枕道：「我要讓他們都以爲我驕傲。」

王小石道：「驕傲的人容易大意。」

蘇夢枕道：「我就是希望他們以爲我正在大意。」

王小石道：「但雷損也要你以爲他懦怯。」

「所以我跟他真是天造地設，天生一對。」蘇夢枕居然笑了出聲：「他儘量膽小怕事，我全面趾高氣昂，真正的實力誰也不知，雙方都在試探虛實，我們都是在演戲！」

白愁飛笑道：「人生本就像一場戲。」

王小石咕噥道：「我寧願像夢。」

蘇夢枕對白愁飛道：「你我那一場戲，也演得很逼真。」他頓了一頓，又道：「就像真的一樣。」

王小石恍然道：「你們……原來……」

蘇夢枕微笑道：「我要老二當眾與我衝突，讓他們以爲，我們軍心未固、人心未穩。」

王小石苦笑道：「果真是敵人讓你看得見的破綻，可能是個陷阱。」心中忽掠過一個念頭：他原以為白愁飛和蘇夢枕真的容不下對方，只擔心一山不能藏二虎，而今得悉反而是雙方當眾「演一場戲」，受欺瞞的是自己，心中也真有些不是滋味。

可是他很快的便開解自己：

——大哥和二哥配合無間，為的是對敵，他倆沒有真的齟齬，那是好事，自己應該高興才是！

卻聽白愁飛道：「不過，對關七放虎歸山，對『六分半堂』身闖虎穴，我還是非常反對。」

蘇夢枕道：「你不明白的。」

白愁飛道：「那你就讓我明白明白。」

楊無邪插口道：「樓主行事，莫測高深，不一定要事先道分明。」

白愁飛道：「事先明白，總好過事後反悔。」

師無愧忽道：「你是什麼東西！公子做事，要先跟你說原由？」

白愁飛道：「我是副樓主，你這樣對我說話，算是什麼態度！」

蘇夢枕低叱一聲：「無愧！」

師無愧低首退後不語。

白愁飛兀自道：「關七已去，來者可追，但我們沒有必要讓敵人以逸待勞。」

蘇夢枕臉色一變，道：「我自有分數！」

白愁飛仍寸步不讓：「我們是在同一戰線上，理當明白個中內情。」

王小石慌忙道：「我們才加入不久，很多事情還未拿捏到分寸，機密大事，確乎不宜太多人知曉。」

白愁飛仍道：「連我也不可以知道？」

「如果你是『六分半堂』派來的人，」蘇夢枕冷笑道：「我把什麼都告訴你，豈不是正好入彀？」

「好，好！」白愁飛怒笑道：「我來幫你，你竟以爲我是奸細！」

「這是我樓子裡的事，關係到上上下下千百人的性命安危，我自然要審慎從事，」蘇夢枕冷著臉色道：「再說，你來幫我，我也一樣幫了你：沒有『金風細雨樓』起用你，你又如何能逞野心、立大業？」

白愁飛忿然道：「你以爲我非『金風細雨樓』便不能創道立業？」

「非也。」蘇夢枕依然沉著地道：「我就是看得出你們兩人非池中物，日後必有大成，才誠意邀你們進樓子裡來。」

王小石見白愁飛和蘇夢枕又過不去起來，忙圓場道：「全仗大哥的慧眼和栽培，不然，我還在路口醫跌打，二哥仍在街邊賣畫。」他這幾句話，是由衷之言，說得十分誠摯。

白愁飛靜了一陣子，忽問：「你懷疑我們？」

蘇夢枕一笑道：「要是懷疑，你們現在還會在這裡？」

白愁飛是一個非常堅決的人，他堅持問下去：「你若是不懷疑我們，爲何在這生死關頭，仍有所隱瞞？」

「任何人都有自己的秘密。」蘇夢枕平靜地道：「就算是無邪、無愧，他們跟在我身邊多年，有些事，他們仍然是不知曉的。」

楊無邪即道：「但我們並沒有追問。」

師無愧也道：「因爲我們信任公子。」

「你既不信任我，我又爲何要信任你？」白愁飛固執地道：「你既防範我們，又爲何要重用我們？」

「你錯了。」

蘇夢枕吐出了這三個字。

他的忍耐，已到了極限。他因爲太過重材，才一直沒有發作：「我就算懷疑你，也會試用你，不試用你，又如何才能信任你？在暴風雨前，我們還不能同舟共濟，你還不能對聯手放心，那只有徒增覆舟之危了！」蘇夢枕道：「任何人都不會在一開始就信任人，何況，你們出現的時機，恰好就在『金風細雨樓』與『六分半堂』決一死戰之際，未免太過湊巧了。」

這次倒是王小石憂心忡忡的問：「你認爲我們是故意潛入『金風細雨樓』臥底的？」

蘇夢枕道：「不是。」

王小石問：「爲什麼？」

蘇夢枕道：「因爲誰也料不到我會這樣的重用你們。就算你們很有本領，我也可以置之不用，甚至著人殺了你們。但是誰也無法料定我的反應，所以不甚可能佈局來臥底。」

他頓了頓，又道：「更何況，在雨中廢墟裡，我吃了一記『綠豆』暗器的時候，你們就有機會在那時候殺了我，根本不需要作臥底。」

王小石目光垂注在蘇夢枕的腿肚子上：「『綠豆』很毒？」

蘇夢枕道：「毒得超乎想像。」

楊無邪道：「花無錯存心背叛，要取公子的命，不夠毒的暗器，他也不會使出來。」

王小石擔心地道：「不知……有沒有妨礙？」

蘇夢枕還未答話，白愁飛已道：「他不會回答的。就算回答你，也未必是真話。」

蘇夢枕眼裡已有了笑意：「你很聰明。」

「我喜歡交聰明的朋友，最好是人又聰明，良心又好的人，」蘇夢枕忽把話題移轉：「正如找老婆，我喜歡人又長得漂亮，心地又好，又能幹聰明的女孩子。聰明的人，大都能幹。長得漂亮，固然重要，因要對著一生一世，要是不夠聰明，那漂亮只是虛殼，徒增煩惱。故此，寧願不甚美，也不可不夠聰明。美會逝去，聰明永存；可惜，人世間又美又好又聰明的女子，不可多得，縱是男子，也少之又少。」

王小石笑道：「雷姑娘美極了，人又聰明，良心又好。」

「良心我不知道，她武功卻是不成。」蘇夢枕也笑道：「不過她確是又美又聰敏，所以我要託你一件事。」

王小石樂得把白愁飛與蘇夢枕的爭執化解，忙問：「什麼事？」

「在私下與你說這件事之前，我們正要面對的是後午『六分半堂』之會。」蘇夢枕長聲道：「我們現在有一些事是必定要做的：那就是要有充分的歇息，然後……」

「我們再聚於此地，共同擘劃攻破『六分半堂』的大計！」

五十一　七道旋風

「我的大計就是發財！」唐寶牛喝到第三碗的時候，眼睛已經有點發了直，舌頭也大了起來：「待發了大財，我就可以做我要做的事。」

「你到底想做什麼事情？」張炭已喝了十六碗，臉不紅、氣不喘，他飲酒要比喝茶還順暢，但算來還是要比吃飯慢上一些。

「我需要一個如花似玉，有閉月羞花之貌的老婆。」唐寶牛眼裡充滿了幻想：「我要出名，成大名，讓人人一聽我唐寶牛，都怕了我，都嚇退三步……」

「你要做到這點，不必要等到發財。」

「哦？」

「你只要去買一把刀就夠了。」

「買刀幹啥？」

「你只要在心裡不高興的時候，有人敢笑，你就別管認不認識，一刀割下他的瓢子，如果在你心中高興的時候，有人膽敢哭喪著臉，你就一刀劈下他的腦袋。有閒之餘，還可以挺刀去搶個貌若天仙的美人兒回來，這樣一來，只要半年功夫，只要你還能活著，包管教你名震天下。」

「呸？我要行俠仗義，這種惡霸行逕，怎適合我的作爲！」

「那你還想要幹什麼？」

「我剛才說過了，我要成名，我要娶個漂漂亮亮的老婆，我要住得舒舒服服，過得快快樂樂，我還要一身武藝，比沈老大、蘇樓主、王老石、白阿飛的武功都高，我還要人人都佩服我，俠名震天下，方恨少見著我便後悔當年爲何不早些巴結我……」

「我不明白。」

「你不明白什麼？」唐寶牛詫問。

「你的願望，說難不難，說易不易，但跟發財都全無關係；如果你有能力去做，現在就可以做到。」張炭道：「發財只可以讓人活得舒服一些，或許還可以要到幾個外表美貌裡面草包的老婆，還有一些趨炎附勢的小人奉承討好你，但要想打敗蘇夢枕那類梟雄，要沈虎禪這等人傑佩服你，可全起不了作用。其實，一個人只要心裡舒服，量才適性，不管住哪裡，怎麼過也都一樣舒服。」

唐寶牛想了想，頓時豪笑道：「好！既然銀子買不到這些，我還要那麼多錢來幹什麼！其實知足常樂，只要明白這個道理，人人都可以富甲天下。」

他拍了拍自己的腦門道：「我現在才知道，原來我想要做的事，不一定要等到發達才能做，而且還要先幹了才有可能發達，可惜這道理到現在還是有很多人想不明白。」

說罷又去叫了一罈子高粱，邊向張炭敬酒。張炭仰脖子一口乾完，唐寶牛卻只呷上一小口。

張炭起初不爲意，後來還是發現了。

於是他問：「怎麼你喝起酒來，就像螞蟻飲水？」

「什麼螞蟻飲水？」唐寶牛聽不懂。

「少啊！」

「因爲我不會喝酒。」

張炭登時大笑，狂笑。

「笑什麼？」唐寶牛頗感不滿，他知道張炭是在笑他。

「我看你牛高馬大，威武非凡，以爲你有海量，原來竟如此喝不得酒，可笑，可笑！」

「有什麼可笑的？一個高大威猛的人，不見得就能喝；一個短小精悍的人，不見得就不能飲。」唐寶牛大眼一翻，道，「正如高壯雄豪的人，可能心地善良；但矮小溫和的人，也有可能心存惡毒，反之亦然。以形貌論心性、好惡，那是白痴才幹的事。」

「所以能喝酒的未必是真豪氣，不善飲的未必非大勇。」

「同理，能飲的不見得就是好漢，不擅飲的也不見非好漢。」

「你的意思是說：喝酒歸喝酒，好漢歸好漢。」

「酒是酒，人是人，有人以酒評人，正如以文論人，都是狗屁不通的事。」

「你既不能飲，又要叫酒？」

「我不善飲，你卻能飲。」

「所以你買酒，我喝酒？」

「對！我且告訴你一個秘密。」

「你說。」

「我平生不喜請人喝酒，酒能亂性，一些自以爲好酒量的人，不醉時已不說人話，醉了後說話一如放屁，所以我不請人飲酒……你是例外。」

「我也告訴你一個秘密。」

「你說，我聽。」

「我今晚才第一次喝那麼多的酒。」

「哦？」

「因爲我看不起的人請酒，我不喝；看不起我的人，自然不會請我喝酒。要我自己買酒，我寧願花銀子買飯吃；而我的好友們，都不嗜喝酒。」

「那今晚你是在賞面子給我了？」

「這話倒也不假。」

「看不出你個子矮小，酒量卻好。」

「我自己原先不知道，現在看來倒是事實。」

「所以我負責勸酒，你負責飲酒。」

「如果你有心請我多喝點，爲何不叫點下酒的東西？」

「好，你要叫什麼下酒？」

「飯，當然是熱呼呼香噴噴白雪雪的飯。」

「好，沒問題，我叫飯，給你下酒，但只要你多賞我一個臉。」

「要我多喝一罈？」

「非也，我只想多知道一件事情。」

「果然。」張炭一笑道：「你這人好奇心忒重，不問個水落石出不死心。」

「我這叫不到黃河心不死，」唐寶牛搔搔耳頰笑道：「你跟那個雷純是怎麼認識的？」

「告訴你也無妨。」張炭又一口吞掉一杯酒，唐寶牛為了要聽人的故事，忙著殷勤為他倒酒：「你有沒有聽過『桃花社』的『七道旋風』？」

「是不是長安城裡，由賴笑娥統御的朱大塊兒、張嘆、『刀下留頭』等六人所組成的『七道旋風』？」

「便是。」張炭道：「你總算還有點見識。」

「我的優點很多，」唐寶牛笑嘻嘻的道：「你大可慢慢發掘。」

「『七道旋風』裡，我也是其中一個。」張炭酒興上了，話說得更起勁了：

「我跟賴大姊等生死義結、情同手足……」

「對了，就像我和沈虎禪沈大哥及方恨少一樣。」唐寶牛插嘴說。

「有一年元宵節，『大殺手』曾在長安城花燈會上被賴大姐識破暗殺行動，你可有聽聞？」

「有。那是轟動天下的大事，我怎會不知？」唐寶牛眼睛發著亮。

「所以他遷怒於賴大姊。」張炭道。

「他要殺賴笑娥？」唐寶牛驚問。

「有我們在，他也殺不了賴大姊，」張炭嘆道：「所以他一氣之下，盜了一冊賴大姊的星象真鑒祕本，一路逃到廬山去。」

「嘿，」唐寶牛眉毛一軒道：「教他得手了，你們也真差勁！」

「故此我也一路追到廬山去。」

「就你一人？你那些結義弟兄呢？」

「他們走不開，」張炭道：「因為城裡忽然來了一個極厲害的神秘人物。」

「是誰？」唐寶牛奇道：「有什麼人要比『大殺手』更厲害？」

「我們也不知道他是誰，迄今尚不知他是敵是友，」張炭道：「只知道他又高又瘦，臉白森寒，背上揹了個又舊又黃的包袱，任何人跟蹤他，都攝不上，想跟他動手，都胸口一個血洞，不曾有半個活著的……」

「好厲害！」唐寶牛頓時叫道：「他是誰？」

「你沒聽我先前說了嗎？我們也不知道。」張炭也叫道：「所以，張嘆、『刀下留頭』、朱大塊兒、齊相好等弟兄才留下來陪賴大姊，駐守長安城，我獨個兒去抓『大殺手』。」

「你一個人，對付得來嗎？」唐寶牛斜睨了他老半天：「我要是你的兄弟，也不會放心你一個人去。」

「說句實話，」張炭苦笑道：「我想獨力幹點揚名的事兒，是偷溜出來的，賴大姊等事先並不知情。」

「好極了！」唐寶牛拊掌道：「我也常做這種事，沈大哥時常給我氣得耳朵都歪了。」

「可是我這一來，差點沒送了性命！」

「性命送掉不妨，人怎可不做好玩的事？」唐寶牛這次自動喝三「大」口：「你我同一性情，當浮三大白。」

張炭一口把碗中酒乾盡：「我追蹤『大殺手』，到了廬山，眼看逼近他時，他卻失去了蹤影，我知道他已發現了我，要來殺我了……」

「所以你準備跟他拚了？」

「不，我逃。」

「什麼？」唐寶牛又叫了起來。

「我一逃，他才會以爲我怕他，他立刻追殺我，這一現身，我們才能激戰起來。」

「『大殺手』身上有三十六種兵器，每一種都是用來對付有不同特長的敵手，你……怎敵得過他？」

「我敵不過。」張炭道：「所以我一上來，就偷走了他身上的三十六種武器。」

「對，打，你不行，偷，你是行的，」唐寶牛瞪著眼道：「不然你怎麼偷得了我懷裡的手絹。」

張炭只橫了他一眼，逕自說下去：「可是，縱沒有了武器，我還是敵不過『大殺手』。眼看就要喪在『大殺手』的手下，忽聽松石間一個女子的聲音道：『老五，憑你身手，要獨戰這『大殺手』，還差一截呢！大姊說的，你不相信，現在自己吃著虧了。』。」

「噯，你的賴大姊來了不成？」

「我登時一愣，『大殺手』也吃了一驚，提防起來，卻聞一個男子悄聲的道：『大姊，咱們何不一起做了他？』只聽原先的女音如銀鈴般笑了起來：『他要莽撞，讓他吃點小虧也好，看他還怎麼殺人？』。」張炭墜入了回憶之中：「你知道，『大殺手』吃過賴大姐的虧，而今一聽賴大姊和兄弟們來了，心中一慌，哪敢勾留！立即奪路而逃……」

「你居然給他逃了嗎？」

「我即以反反神功，擊了他一掌。」張炭道：「他傷得很是不輕。」

「不過仍是逃了，是嗎？」

「逃了，我當時也受了重傷，追不上。」

「你那個賴大姊是怎麼搞的？」

「因爲來的根本不是賴大姊，」張炭搖頭笑道：「那女子的笑聲也很好聽，但比起賴大姊來，還是差了點，我一聽，便知道不是真的賴大姊，所以知道那女子只是要用話擾亂『大殺手』的心，我便蓄力反擊，一掌擊傷了他，讓他膽喪而逃……」

「來的不是賴笑娥……」唐寶牛靈機一動，拍著大腿道：「一定是你姊姊！」

「啐！」張炭沒好氣的道：「我沒有姊姊。」

「那……」唐寶牛試探著道：「敢情是你的妹妹？」

「呸！」張炭白了他一眼：「我妹妹胖得像頭大象，外號大肥貓，她上得了廬山來，除非廬山高不過一匹馬。」

「那麼……」唐寶牛苦思半天，終於恍然道：「一定是雷純！」

「聰明！」張炭恨恨地道。

「她是京城『六分半堂』總堂主雷損的獨生女兒，再說，她不久之後就要嫁了，」唐寶牛居然細心起來：「她到廬山幹啥？」

「她是逃出來的。」

「逃出來的!?」唐寶牛的眼珠又幾乎跳出眼眶之外。

「她一向都甚有志氣，以前在『六分半堂』，曾是雷損的臂助，但雷損而今信重狄飛驚與雷媚，與『金風細雨樓』鬥得如火如荼，她活在兩塊巨石之間，如受烈火寒冰煎熬，又苦無武功，無能為力。雷損要把她嫁給蘇夢枕，用意是伏下一記殺著，控制『金風細雨樓』，雷姑娘只覺苦惱，便偷偷的溜了出來，以她的聰明智慧，擺脫了追蹤的人……」張炭說到這裡，不禁長嘆了一聲：「這天她到廬山遊玩，剛好逢著我遇危，她一見我和『大殺手』的武功，便知道我們的身份，聯想起『大殺手』曾在花燈會上被賴大姐識破暗殺行動而功敗垂成的事，她即以一人裝成賴大姊和弟兄們數人的聲音，來嚇退『大殺手』……」

「雷純會扮作幾種聲調麼？」唐寶牛訝異地道：「包括男聲？」

「她外柔內剛，是個很有本領的女孩子。」張炭欽佩地道：「可惜她的身體太羸弱。」

他頓了一頓，又道：「不過，其實『大殺手』也挺狡猾的，他沒有走遠，又倒了回來。」

唐寶牛跌足道：「這可糟了！」

「幸好雷姑娘一現身後，就對我以最快的時間說了幾句話，這幾句就是『大殺手』武功的弱點，俟他一回來發難，我就以猝不及防的一輪急攻，在他應對失措之際，又重創了他，這一下，『大殺手』可真的吃了大虧，不過，他仍死心不息，沿路上伏擊我們。」張炭道：「我的偷術，跟打人的出手完全不一樣。打擊敵手，出手越狠、勇、猛越好，要求力大勁沉，偷術則完全不一樣，講究輕、巧、技法與快速，越是微波不興、纖塵不揚越好；故能打倒對手，跟是不是能偷著別人身上的東西，絕對是兩回事。」

「所以能取得到那人的事物，不見得也能打倒對方。」唐寶牛這次作了個聰明的總結：「所以你不是我的對手。」

張炭不去理他：「那時候我不知道雷姑娘是『六分半堂』總堂主的掌上明珠，我還以爲她武功高強，深藏不露，後來才知道，她完全不會武功，但卻智能天縱，對武功博識強記，對各家各派武功都很瞭然。她及時讓我開了竅，以幾招高深的盜技，嚇退了『大殺手』。」他喟然道：「故此，一路上，看似是我保護雷姑娘，其實，沒有她，我早就命喪在『大殺手』的手上了。每次『大殺手』在什麼地方設下埋伏、用什麼詭計來暗算我們，雷姑娘都能事先算中，或安然迴避，或授計於我，準確反擊，使『大殺手』每次都落空而退。她還提醒我運用『八大江湖術』，使得一路上各路好漢，挺身相護，這才逃得過『大殺手』的追殺。」

唐寶牛倒有些不信了：「她有這麼厲害？」

「這一路上，我們在『愁予亭』中結義，咱們一男一女，在江湖上行走，不結拜爲兄妹，總有不便。」張炭把這一段草草略過：「我帶她回到長安，賴大姊也很喜歡她，也收她爲七妹子……」

唐寶牛忽問：「你們原先不是有一位七妹叫做小雪衣嗎？怎麼……？」

「『桃花社』的『七道旋風』，原本是賴笑娥大姊、朱大塊兒、『刀下留頭』、張嘆、我、齊相好和小雪衣，可是，小雪衣曾失蹤了一段時期，人人都叫慣了『七妹子』，雷姑娘來了，大家惦著小雪衣，不意也叫她七妹子起來了。」

唐寶牛又問：「那她還爲何要回到京城來？」

「她怎放得下心在這兒？」張炭道：「再說，『六分半堂』的人也找上了『桃花社』，向賴大姊要人，要是雷姑娘想留，那還有得說的，但雷姑娘也想回來……」

「所以你就陪她回來了。」唐寶牛哈哈笑道：「這次可是你護送著她回來了。」

「不是。」張炭像是在自我嘲笑的道：「她也是偷偷溜出來的，只告訴了賴大姊，到了中途，又給『六分半堂』的人截著了，派了一大堆婢僕老媽子的跟著她……我……我是到京城來找她的。」

唐寶牛張大了口：「你……你不是要告訴我，你也是從『桃花社』溜出來的吧？」

張炭又在大口喝酒。

唐寶牛本來想調侃幾句，忽然間，他想到了溫柔。

然後，他想通了。

他明白了一些事情，只咕噥了一句：「這年頭，溜家的人倒特別多……」便沒有再說什麼，也在默默的喝酒。

張炭吞一大碗，他才喝一大口。

在他而言，這已經算是盡情的喝了。

——數字上的量，或大或小，或多或寡，因人而異，例如在富人眼中的一兩銀子，比個屁都不如，落在窮人手上，則不惜爲它頭破額裂了。

在這樣一個昏暮，外面下著連綿的雨。這時候的雨，時來時收，又似永遠沒有完結。

在這雨聲淅瀝的酒館子裡，唐寶牛卻有與張炭一般的心情。

俟張炭的故事告一段落，便輪到唐寶牛訴說自己認識溫柔的經過……

他們各自有驕人的往昔，那就像好漢敞著胸膛讓刀客雕刻流血的痕跡，有他們不惜拋頭顱、灑熱血的生死之交，當然，也有他們心坎底裡夢魂牽繫的人兒……

「這雨，幾時才會停呢？」

「等『金風細雨樓』和『六分半堂』的仗打完了，雨已下成了雪罷？」

「我們把酒帶出去，淋著雨喝。」

「好！我們且把雨水送酒喝。」

「小張，我們這就散步去……」

「呃！雨中散步？跟你？」

「跟我又怎樣！難道你有別的選擇？」

「對，有就不跟你了。」

「你這人，現實、冷酷、無情、無義……」

「好啦！別罵了，白天還沒罵夠嗎？」

「夠了，夠了，酒倒沒有喝夠……」

「那我們就提出到外面喝，看我們在雨中，能見到什麼？」

「你真蠢！」唐寶牛不知打何時起，也喜歡學溫柔一樣，常罵人蠢、笨：「雨中見到的當然是雨……」

「對，雨中見到的，這不是雨是什麼……」張炭笑得幾乎在雨中摔一跤。

可是就算是在他們醉後的夢裡，也難以夢到他們不久之後，在雨裡所看到的情景……

五十二　風聲雨聲拔刀聲聲聲入耳

兩人說著喝著，走到門外，張炭幾乎一步摔倒，唐寶牛笑得直打跌：「看你喝得臉不紅、氣不喘、酒嗝不打一個似的，以爲有多大能耐，原來走起路來已在打醉八仙！」

張炭扶著店門，氣吁吁的道：「誰說！我，我走給你瞧……」勉強走了幾步，只覺頭發昏、臉發熱、頭重腳輕，唐寶牛笑他，笑沒幾聲，忽鬧內急，當下便道：「你自己鬧，我到後頭解手去！」

張炭揮手，把頭擱回桌子上：「去，去……」

時已入黑，外面雨勢不小，雷行電閃，酒館裡只亮著幾盞昏燈，只有兩三桌客人，掌櫃和店夥見唐寶牛與張炭一個猛吞、一個小酌，但同樣都醉了六、七成，雖然放浪形骸了些，不過沒招惹著人，又付足了酒錢，便任由他們胡鬧。

偌大的一間酒館，只有數盞油燈，加上外面風雨淒遲，館子裡顯得特別幽黯。

一般館子裡的酒客，酒酣耳熱之際，大呼小叫，猜拳助興，都屬常見，但今天館子裡三五人聚在一桌，低首飲酒，都似不問世事。由於這是酒館，在酒館子裡居然會有這樣子的安靜，實在可以算是個意外。張炭看著那幾張桌子上的杯子，不禁有點發愣。外面轟喹一聲，原來是一個驚雷。

意外的驚雷。

唐寶牛已走到後頭去了。

後頭是茅廁。

張炭等唐寶牛的身形自後門掩失後，才用一種平靜而清楚的語調，說：「你們來了。」

沒有人應他。

只有三張桌子的客人。

三張桌子，八位客人。

八位客人都在低首飲杯中酒，外面風雨淒迷，暮初濃，夜正長。

——他在跟誰說話？

外面沒有人，只有一、二聲隱約的馬嘶，就算有路過的漢子，也仍在天涯的遠方。

——張炭的話向誰而發？

難道是那位白鬍子灰眉毛遮掩了面孔的老掌櫃？還是那個嘴角剛長出稀疏汗毛的小店伙？

◇◇◇

張炭又飲下一大碗酒，金刀大馬的坐在那兒，沉聲道：「既然來了，又何必躲著不見？」

他說完了這句話，又靜了下來。

一陣寒風吹來。

店裡的燭火，一齊急晃了一下，驟暗了下來。

張炭只覺得一陣寒意。

一股前所未有的悚然。

外面又是一聲驚雷。

電光一閃而沒。

唐寶牛推開店裡的後門，一搖三擺的，口裡拉了個老不隆咚的調，往店後的茅廁走去。

大雨滂沱。

身全濕。

唐寶牛根本不在乎。

一個喝醉了酒的人，根本不介意睡在自己所吐出來的穢物上，又怎會在乎區區一場雨？

唐寶牛仰著臉，讓雨水打在臉上，他張大的口，把雨水當作醇酒豪飲。

——要真的是酒，他反而不敢如此鯨吞。

他喝了幾口雨水，自己沒來由地笑了起來，由於天雨路滑，幾乎使他摔了一跤，他便用手在一個矮樹上扶了扶，定了定神，才往前走去。大雨愈漸濃密，千點萬聲，使他眼前模糊一片，看不清楚。

茅廁在店後邊。

那是一座用茅草搭成的棚子，只能供一人使用。唐寶牛正是要用。

他急得很。

一個人喝多了酒，總要去如廁，不然，反而不大正常。唐寶牛一向是「直腸子」，除了個性如此，消化排泄，也無不同。

他心裡嘀咕：好在往茅坑的路上，兩旁種了些矮樹，否則，一不小心，張炭沒摔個仰八叉，自己可先跌個狗搶屎！

他走上幾步石階，打開了廁所的門，臭氣撲鼻，蒼蠅群舞，他也顧不得那麼多，走了進去，掩上了門。

就在他掩上門的霎間——

轟然一聲。

電光劃破雨空。

大地一亮。

在這電光乍閃間，在密雨交織中的兩排「矮樹」，原來並不是樹。

而是人。

精悍、堅忍、全身黑衣蒙頭魚皮水靠勁裝的人。

可惜唐寶牛看不見。

他已進入茅廁裡。

這些黑衣人，立即「動」了起來。

就算沒有雨，這些人的行動，快、速、而不帶一絲風聲，手裡都掏出著幾件事物，迅疾接駁成一把銳刃長槍，分四面包圍了茅廁，槍尖對準茅廁的草牆，在雨中電光下驟閃起精寒，其中兩人還飛躍而上，落在茅廁頂上，槍尖抵在茅廁的頂上。

沒有一點聲息。

更何況這是雨夜。

一個風雨交加的晚上。

他們都在等。

——他們都在等什麼？

又是一記驚雷，驚破了大地，驚亮了群雨。

◇◇◇

又是一聲雷鳴。

油燈「呼」地一聲，其中一盞滅了，飄出一縷辛辣的黑煙。

張炭的臉色微變。

他自袖中掏出一盒指甲大小的鐵盒，用指甲挑開了蓋子，沾了一些盒內的事物在指甲上，放在鼻上擦了一擦，然後才道：「沒有用的。八大江湖，我都精通，這『滅燈迷魂煙』還迷不倒我！」

這次他收到了反應。

他聽見刀聲。

拔刀聲。

第一張桌子傳來一陣刀聲。

優美的刀聲，像一串風過時的鈴噹，又像一聲動人的呻吟。

這麼好聽的刀聲，張炭很少聽過。

這種刀聲，不像是在拔刀，而是像在演奏。

第二張桌子也傳來刀聲。

只有一聲。

好快。

他聽見的時候，那人刀已在手。

這種刀聲，才是真正的刀聲，從刀聲裡便可分曉：一刀出手，人命不留！

第三張桌子卻沒有刀聲。

刀一在手，已有劇烈的刀風，但連聲音也沒有。

這人拔刀，竟然沒有拔刀之聲！

這樣子的拔刀，已經不是拔刀，而是在殺人了。

「原來是你們。」張炭嘆道：「真沒想到，今晚我不但能聽到風聲雨聲，還可以聽到刀風刀聲。」

◇◇◇

唐寶牛掩上了門扉。

他很急。

生老病死，就算武林高手也難免，武功練得深厚且得養生之道的，也只不過能長壽一些、少些疾病、老當益壯一些，可是，到得頭來，一樣要老、得病、會死。

武林高手也一樣畏寒怕熱，只不過忍耐力要比尋常人好些，也一樣要大小便、洗澡、睡覺。

武林高手內急起來，一樣的急。

唐寶牛現在就是如此。

可是他一掩上了門，忽然整個人都震住了。

他的人已在茅廁內。

他的眼簾還留存著在未掩上門前那一霎的景象：

——那些樹——會動的——

——不是樹！

——而是人！

他爲這一點而呆住，正要推門再看，忽然，只聽得茅廁頂上「卜！卜！」兩聲。

極輕微極輕微的聲響。

在雨裡，簡直比雨聲還輕。

可是唐寶牛卻分辨得出來：那絕對不是雨點滴落的聲音！

而是利器！

利器抵著茅頂的聲音。

唐寶牛全身立即繃緊了起來。

他緊握拳頭。

——如果外面那兩排「樹」，真的是人——

他立即就想破門而出，但驀然警覺，茅房的門也發出輕微「篤、篤！」兩聲。

——敵人已到了茅廁之前！

茅廁內只尺餘寬長，根本無處躲閃。

唐寶牛立即想往後衝。

他畢竟是江湖上叫得響字號的鐵血漢子，長期跟沈虎禪在一起，就算是百戰百敗，也有「百戰」的經驗。

可是茅房後牆上，也響起「篤、篤、篤！」三聲。

這時分，他什麼急都忘了，只急著要衝出去。

他也馬上發現，四面都已遭人包圍，這小小一間茅廁，無論上面或左右前後，全教人用利器抵著，只要一聲號令，立即就會一齊捅進來……

——他不敢想像，當這茅廁上面和四周的利器都一齊戳進來的時候，他會變成怎麼個樣子。

外面滂沱大雨，喧嘩而囂。

外面除了雨，還有敵人。

不知是誰的敵人。

可怕的敵人。

還有雷電。

又是一響！

◇◇◇◇◇◇◇

雷響在電閃之後。

因爲距離遠在天外，所以雷鳴和電閃，才分得出先後，可是那一刀只有刀風，沒有刀聲，張炭算來算去，在京城裡，只有一個人能發得出來。

同樣的，那只有乾淨俐落的一響刀聲，和那綿延悠長的刀聲，也只有兩個人可以發得出來。

第一個人，拔刀無聲，必是「五虎斷魂刀」的頂尖兒高手彭尖。

第二個人，拔刀只一聲，刀聲陡然而起、戛然而止，便是「驚魂刀」習家莊主習煉天。

第三個人，拔刀作龍吟，比琴鳴箏響還動聽，就是「相見寶刀」當代傳人孟空空。

張炭知道必定是他們。

所以他只有長嘆。

趁他還能夠嘆出來的時候。

「你們好！」張炭嘆道：「在京師裡，在王小石還未來之前，最可怕的五把刀，沒想到後面三把今天都到齊了。」

他這句話很有效。

張炭正是要他們說話。

——對方不動聲色，來意便難以捉摸。

果然習煉天立刻就問了下去：「還有兩把？」

張炭道：「而且是排第一和第二的兩把。」

習煉天冷哼一聲。

他的刀，薄如紙，突然發出厲芒。

五彩的厲芒！

——難道他的刀也似人一般，竟會有喜有怒？

這次是彭尖問：「是誰？」

他說話的聲音好像是一個被人用手掐著咽喉快要窒息似的，但他整個人，又精壯得像頭牯牛一般。

「蘇夢枕的『紅袖小刀』和雷損的『不應寶刀』。」張炭答。

張炭這樣一說，那三個人的臉容都放鬆了下來。

——本來，張炭那一句話，等於是侮辱了他們，而今，張炭一道出了那兩人的名字，反而像是恭維了他們。

而且還是極高的恭維。

所以三個人的心裡都很舒服。

「蘇夢枕的『紅袖』跟雷損的『不應』，誰是第一？誰是第二？」孟空空悠閒地道：「你認爲呢？」

「他們還沒有比過，」張炭道：「我不知道。」

孟空空優雅地道：「那你知道些什麼？」

張炭道：「我只知道你們來了。」

孟空空悠悠地道：「你可知道我們來作什麼？」

張炭又嘆氣了。

他每次嘆氣都想起他的好兄弟張嘆。

因爲「大慘俠」張嘆也老愛嘆氣。

「我不知道。」他說：「我只知道你們已拔出了刀。」

孟空空笑了：「通常拔刀是要幹什麼的？」

「殺人。」

張炭只好答了。

孟空空以一種悠遊的眼色看他。這人無論一舉手、一投足，都十分優雅好看：

「這兒有誰可殺？」

張炭又想嘆氣。

「我。」

他指著自己的鼻子道：「如果你們不想殺掉自己，好像就只有我可殺了！」

「對了！」孟空空愉快地笑道：「你猜得一點也不錯！」

人生有些時候，對比錯更痛苦。

張炭現在就是這個樣子。

他這個答案卻使張炭說什麼也愉快不起來，任何一個人，只要是面對這三大刀客，誰都不可能愉快得起來。

張炭也不例外。

五十三 號令

外面的雨，下得更緊密了。

中午時分，京城裡的一流高手，圍攻關七之際，是天地色變，風雨交加；而今，也是雷行電閃、風大雨烈！

——這真是見鬼了！

——竟被包圍在茅坑裡！

唐寶牛額上、臉上，濕漉一片，本來是被雨淋濕，現在又冒起了豆大的汗珠，彷彿用刀一刮，就全可以簌簌地落下來。

——這都是些什麼人!?

——他們的兵器已抵住茅廁四周！

——他們在等什麼？

唐寶牛被困於茅房之中，上有敵人，四面八方都有敵人，只要他一衝出，兵器就會戳進來，扎穿他的身子，把他串成茅廁裡的一隻刺蝟。

唐寶牛可不想變成刺蝟。

他也不想死。

——他更不想死在茅坑裡。

——堂堂巨俠唐寶牛，居然死在茅廁裡，這算什麼話？

他要活。

——他可不要活在茅廁裡。

他想活。

——生命如此美好，他爲什麼要死？

——世上還有這許多惡人，爲何他們不死，卻先輪到他先死？

可是他又衝不出去。

在這種形勢下，衝不出去就只有死。

至少也任憑人宰割。

——這些人在等什麼？

——難道是在等待號令？

——一聲令下，即可要了他性命的號令？

唐寶牛全身都濕了。

比剛才淋雨還濕。

而且也僵住了。

他已忘了他爲何要進茅房來了。

他急極，但此急不同於剛才的急。

他急著出去。

他想高聲大喚張炭來助，但也深知這一喊，只怕聲音還未傳到張炭耳裡，抵住茅房的兵器已足可把他扎成十七、八個窟窿了。

他在茅廁裡急促的喘著氣。

他不知怎麼辦好。

◇◇◇

張炭苦笑道：「你們要殺我，那我該怎麼辦？」

「我看你只有兩個法子，」習煉天道：「被我們殺了、或殺了我們。」

張炭滾圓的眼睛道：「我不想殺你們。」

習煉天一笑道：「就算你想殺也殺不了！」

張炭道：「可是你們為啥要殺我？」

習煉天冷笑道：「你人都快要死了，還問來作什麼？」

張炭道：「因為我不想帶著疑問到閻王殿去。」

習煉天有些猶豫，望向孟空空。

孟空空淡然道：「你問也沒有用，我們也不知道，而且，知道也不會說。」

「那我倒是明白了，」張炭道：「不是你們要殺我，而是有人派你們來殺我的。」

孟空空的笑容已有一絲勉強。

「能請得動你們三位來殺我的，」張炭道：「普天之下，大概也只有方應看方小侯爺。」

孟空空笑得有些勉強：「太聰明，不見得是件好事。」他岔開了話題：「我倒想知道，你怎麼會警覺到我們來了？」

「我不知道，」張炭坦白地說：「我根本就不知道你們來了。」

「哦？」

「我只是看你們在桌上的酒杯，習莊主擺了三星向月形，意思是說：幾時動手？彭門主三杯並齊，一盃覆前，是亮出暗號：現在！你則出兩根筷子，交叉置於五只杯底上，表示：先等一等……」張炭笑道：「我一看便知道是道上的人來了，但不知座頭上是你們，便故意裝醉，先把那頭大水牛支走，出語探問，以爲能獨個兒擺平，便出口試探，不料……」

習煉天輕彈刀鋒：「你要是早知道是我們，就不會讓那頭大水牛離開了。」

張炭也誠實地道：「對，多一人幫手，總好過只有我一個人。」

習煉天冷哼道：「但多一個人，也一樣是死。」

張炭一笑，笑裡充滿了自嘲：「也許，有些人覺得多一個人陪他死，比較划得來。」

孟空空斜瞄著他：「你是這樣的人嗎？」

張炭反問道：「你看呢？」

孟空空忽道：「我們用的是江湖上極其隱秘的暗號。」

張炭道：「我知道。」

孟空空道：「但你卻看得懂？」

「除非那暗號是他發明的，而且又是自己擺給自己看，」張炭一臉謙虛的神情：「否則，連我都看不懂的暗號，那也就不算是暗號了。」

「你真聰明，」孟空空的笑容很勉強：「可惜聰明人往往都是短命的。」

「可能是因爲他們用腦過多，」張炭笑道：「我一向懶得用腦，只不過事事留心。」

習煉天冷冷地道：「多心的人也活不長命，容易心臟患病。」

「你也很多話，」孟空空道：「話說得太多的人也不容易長命百歲。」

「那是因爲他們出氣太多，」張炭的話裡充滿了譏誚：「所以我爭取時間呼吸。」

習煉天道：「可惜你很快便不能夠再呼吸了。」

「這不可惜，可惜的是，我再聰明，也想不透，方小侯爺爲何要殺我？」張炭像在問人，又似自問：「我未曾得罪過他，他到底是爲了當年我得罪了他的同僚龍八太爺，因而殺我？或是爲了我是『六分半堂』的人，而動殺手？還是因爲我是

『桃花社』裡的一員，他要下此毒手？」

「也許都是，也許都不是，」孟空空撫刀道：「反正你問不著。」

張炭又在嘆氣：「這三張桌上其他幾位，自然都是你們帶來的人了？」

彭尖忽道：「他在拖時間！」

他的聲音沙啞，出現以來，只說過一句話。

就是這句話。

這句話說中了張炭的意圖。

他一開口，就道破了張炭的用意。

張炭心裡一沉。

他本來就是要拖延時間。

因爲他自知不是這三名刀手的對手。

他知道拖下去，仍然不是他們的敵手，不過他也只有一力拖延。

他至少要拖延到唐寶牛回來。

——如果自己在唐寶牛回到店裡來之前就被殺害，唐寶牛回來之際，猝不及防，斷無活命的機會！

——自己說什麼也得撐持到唐寶牛回來！

——只是那頭死牛，爲何老是不回!?

——他急什麼急的，竟「急」了這麼久!?

彭尖這下一叫破，張炭便不能再拖了。

他只有發聲大叫。

他希望自己的聲音能衝破風聲雨聲，傳入唐寶牛耳中；他也希望唐寶牛不至於大醉，茅坑也不要離得太遠，務使唐寶牛能聽得見他的叫喊——如果大水牛立時逃走，或許還來得及。

他暗裡運氣——

正要大叫——

這時候，忽然傳來一陣此時此際，絕不可能、也不應該聽得到的聲音。

打更的聲音，打的是三更兩點。

這只不過是酉時末梢，怎會有報更之聲?更何況打的是三更兩點?

緊接著，後頭透過風聲雨聲傳來了幾聲狂嚎和怒吼！

張炭臉色一變。

他知道自己猜對了！

——他們又怎會放過唐寶牛？

——這些人早在後頭伏襲他了！

張炭很後悔自己爲何不早些發出大呼。

——也許唐寶牛早一步接到自己的警示，說不定就能逃過厄運，可是現在……

張炭卻發現了一件事。

習煉天也變了臉色，大概就跟自己的臉色一樣。

彭尖握刀的手緊了一緊，望向孟空空。

孟空空的笑容，已變得極其不自然起來。

——要是後頭的格鬥是他們的安排，這些人爲何一個個都變了臉色？

又一聲雷響。

但雷響掩不過咆哮的聲音。

——後面到底發生了什麼事情？

到底發生了什麼事情，只有天曉得。

唐寶牛不明白爲何外面一下又來了這麼多都要置他於死命的敵人？也搞不清楚他爲何會被困死在此處？

他喝過酒的腦袋熱哄哄的，亂得找不到頭緒——此一刻裡，他打從心裡發誓，以後再也不喝那些什麼充好漢壯膽氣的黃湯了！

此刻他只想大喊。

喊聲未發，卻傳來打更聲。

三更兩點。

更鼓聲越風破雨，淸晰入耳。

更聲一響，號令即發。

十三支長槍，槍尖一齊穿破茅廁，同一時間戳了進來！

唐寶牛卻在這一霎間作了決定。

他不能衝向前，前有伏襲。

他不能向後退，後有強敵。

也不能往左右闖，槍尖正準備戳穿他的胸腹！

更不能沖天而起，敵人的兵器正候著他的腦門！

既然前無去路，後無可活，左右上方去路盡被塞死，他能做什麼？唐寶牛記得自己曾就這點問過他的結義大哥沈虎禪。

沈虎禪這樣地答：「前無去路，退無死所，這樣的絕好時機，我不全力反攻，還等什麼？」

槍尖已刺入！

唐寶牛大吼一聲，一拳飛出！

他的拳竟照正槍尖擂了過去！

「格！」的一聲，槍鋒竟硬生生被他一拳擊斷！

槍尖飛折，唐寶牛一口咬住！

他狂嚎一聲，一俯首，自糞穴內撈出便桶，一手高舉，一手在茅廁內的一陣亂抓，跟著一抬腳，轟地踹開茅廁的門！

這一來，兩柄長槍也被掀得往後扳。

唐寶牛一腳踢開廁門，風雨迎面襲來，他颼地噴出槍尖，在雨中迎面一人應聲而倒，大喝道：「唐門暗器來了！」

手腕一翻，糞桶裡的屎便向在門前伏襲的幾人劈頭劈腦的就淋了下去！

這時，伏襲的人意在必得，不料唐寶牛就在這霎時間反攻，破門而出，陡然現身，他高頭大馬，加上便桶內的穢物迎頭倒下，正遇著斜風急雨，伏襲的人猝不及防，又驚聞是「唐門暗器」，登時驚心動魄，只覺臭氣沖鼻，凡給沾著的，都駭然急退，跳避不迭。

唐寶牛先聲奪人，一步跨出茅廁。

三、四支長槍，已左右戳刺向他。

他又怒叱一聲：「看打！」手掌一張，只見十數黑點，飛撲來敵。

敵人正要趁他未站定之前，將之刺殺，忽見風急雨密裡十數黑點襲至，怕是唐門的淬毒暗器，連忙封架閃躲，但那些暗器竟在半途繞飛，並嗡嗡作響，這幾名殺手心驚膽跳，幾曾見過這麼古怪的暗器？顧得不給暗器叮著，便顧不得刺殺唐寶牛。

唐寶牛形同瘋虎，亦似雨中巨靈，趁此際全力猛衝，撞倒兩名黑衣人，往酒館子後門直奔，揮舞手上便桶，碰砸擋掃，一邊大吼道：「擋我者死！」

他這般神威凜凜，一時甚爲駭人，黑衣殺手先聲盡失，陣腳大亂，攔不住他，一名殺手掩近，正要振槍便扎，卻給唐寶牛把便桶往他頭上一罩，只見他手揮足踼，頓失敵人所在，反而阻撓了夥伴的追擊。

這時候，黑衣殺手也都已發現，唐寶牛發出的所謂暗器，原來不是糞便就是蒼蠅，但唐寶牛破門、衝出、潑出糞便和發出蒼蠅這些「暗器」，都只在瞬息間的工夫，眾人要再截殺，已給他衝開一條血路，直奔向館子後門！

殺手知道上當，都在雨中挺槍追殺！

唐寶牛高聲大呼，揮舞雙拳，他力大如牛，高大豪壯，一名殺手自後門閃出，長槍一探，卻給他連人帶槍甩出丈外！

唐寶牛已衝至後門，猛力一拉，大叫道：「黑炭頭，有人要殺……」

語音未完，卻聽有人正大呼道：「大水牛，小心這兒！」

唐寶牛已衝入酒館內，帶著風和雨，甚至還有蒼蠅和糞便。

當然還有血和汗。

後面緊接著進入了五、六名槍尖閃著寒光的殺手。

唐寶牛卻猛然站住。

他呆住了。

因爲除了張炭之外，他還看見三個人。

以及三把刀。

◇◇◇

習煉天手上有刀，驚夢刀，他的刀不僅碎夢，還可以斷魂。

彭尖手中也有刀，五虎斷門刀，他曾一刀砍斷三頭老虎的脖子，當然，兩頭是真的金睛白額虎，一頭是「雷老虎」，這「雷老虎」可比真老虎還難惹。

孟空空手裡亦有刀，相見寶刀，他的刀使人別離，他爲了練好他的相見寶刀，致使他所有的親人都離開了他，而永不相見。這種刀法，在一位前輩的武林榜上，曾一再提到過。

這三大刀手，手中都有刀。

刀口閃著寒光。

他們本來正似要把張炭的頭顱砍下來，忽見唐寶牛衝了進來，背後還有好些人。

挺著槍的人愣住。

持槍的人也愣住。

他們沒想到這兒還有三名持著刀的人。

張炭瞥見黑衣人的眼光，然後再看見孟、彭、習三人驚疑不定的臉色，忽然笑了。

「大哥、二哥、三哥，」他一向孟空空、習煉天、彭尖熱烈地高聲呼道：「果然有人追殺老四，你們早就料著了！」

五十四　家事國事天下事事事傷心

風聲、雨聲、呼叱聲。

刀光。

槍影。

都在張炭這句話一出口之後發生。

◇◇◇

黑衣人大都已闖了進來，一齊刺出了他們的槍。

他們有的向唐寶牛下手，有的向張炭出手，有的衝向彭尖、習煉天和孟空空，施出了他們的殺手。

三名刀王身邊的人，都紛紛拔刀。

孟空空呼道：「等一等……」

可是他的話，只對持刀的人有號令的作用，對挺槍的殺手可完全起不了作用。

槍舞槍花。

刀盪刀風。

刀客們住了手，只有習煉天突然衝了出去。

然後他們就看見了夢。

彩色的夢。

◇◇◇

夢是看不見的。

夢只存在於睡眠中。

夢只可以想，但卻不可觸摸。

但夢有時候也是可見可觸的。

當它通過實踐，化爲現實的時候。

只不過，那時候，你又會有別的夢了。

更美的夢。

——誰會做一個完全跟現實生活裡一模一樣的夢？

——就算會，但醒來仍是空。

所以夢永遠是夢，夢不是現實。

◇◇◇◇◇◇

習煉天的刀是現實，不是夢。

他出刀，刀美如夢，彩色繽紛，尤其是血也似的鮮紅色。

他的刀卻帶出了殘酷的現實。

刀過處，黑裡濺出厲紅！

然後大家才驚覺，那紅色根本就是鮮血。那黑色便是殺手們的夜行服。

殺手咬著牙齦、挺槍苦拚，染著血紅的同伴倒了下去，都不肯向敵人發出哀呼，還沒有淌血的人，眼睛也正發紅。

習煉天也殺紅了眼。
他的神魂已不在他的軀體裡。
而在他的刀裡。
每一刀揮出，他的生命淒艷亮烈，幽美如夢。
——是不是夢太美，人生在世，便都愛做夢？

◇◇◇

忽傳來梆聲。
二更三點。
——跟剛才的更鼓聲，恰好相反。
——剛才是三更兩點。
——這是什麼更次，時間怎麼倒了回頭？

◇◇◇

殺手們本來挺著槍，明知會淌在鮮血裡，還是要拚命。

——也許拚命是因爲只有拚、才有命。

所以他們都衝向那把刀，就像衝向噩夢中。

雖然，這卻是習煉天的美夢。

——通常，一個人的美夢，很可能就是另一個人的惡夢。

這時候，梆聲便響起了。

殺手們停了下來，有的狠狠地盯著唐寶牛、張炭、習煉天、孟空空、彭尖。有的抱起地上同伴的屍首，不過，都不再衝前。

而是在撤退。

習煉天大喝一聲：「逃不了！」揮刀而上，他身後的七位刀手，早已躍躍欲試，而今一擁而上。

彭尖忽向孟空空道：「我們有沒有必要打這糊塗仗？」

如果說唐寶牛說話的聲調，又快又響，就像一連串炸響的鞭炮，那麼，他的語音，也像鞭炮——用空罐子罩著，一聲聲燃著悶響的鞭炮。

孟空空嘆了口氣，道：「那也沒有辦法，習少莊主已經出手了。」

彭尖即道：「你可以阻止的。」

「阻止習煉天的刀？」孟空空道：「那除非是用我的相見寶刀。」

彭尖沉吟一下，道：「如果動手，那就不宜留下活口。」

孟空空心裡同意。

他也很想說這句話。

不過，這句話，最好還是由別人來說。

現在彭尖說了。

只要有人說了，他就方便做了。

——不管這干人是何來頭，總而言之，是習煉天先動的手，彭尖先下的決殺令。

——就算萬一他殺錯了，追究起來，他也可以有所推諉。

此際他輕彈刀鋒。

手指與刀鋒震起彷似一種相見時喜悅的輕顫。

他要殺人了。

正在這時候，殺手們已倒下六、七人，另有七、八人，已被逼到後門外。

酒館的後廊，已全倒塌，斜風急雨，灑了進來。
除了斜雨急風之外，彷彿還灑入了另外一道事物。
一條灰影。

◇◇◇◇◇◇

冷。
很冷。
非常的冷。
這是一種陰寒的冷。
唐寶牛、張炭、孟空空、彭尖、習煉天以及那些殺手們全是這種感覺，那是刺骨的寒意，令人戰志凍結的冷冽。
那七名刀手，衝在習煉天的前面。
忽然，最前面的三人倒了下去。
那些黑衣殺手死的時候，寧死不肯作出痛苦的呼喊，但這三名刀手死的時候，是還來不及發出任何聲音，就死了。

胸口一個血洞。

第一個似被劍刺的，來者一定是使劍的好手，因爲一劍正中心窩，連血都不多流。

第二個像是被長矛洞穿的，胸上的血孔又深又淒厲。

第三個傷口更奇特，像是被奇門兵器峨嵋分水刺扎的。

三個不同的血洞。

三件不同的兵器。

來的人只有一個。

來人手上並沒有兵器。

他背向眾人，面向屋後。

外面天黑沉沉，風急雨淒。

這人就像雨一般瘦。

黑夜一般深不可測。

風一般寒。

這是個高瘦個子，穿一襲陰灰黯色長袍，肩上掛了個又老又舊又沉又重的包袱。

他的右手，就搭在左肩的包袱上。

——他是誰？

◇◇◇

孟空空只覺心頭發毛。

習煉天只退了一步，立即又撲了上去。

他畢竟是「習家莊」的少莊主。

他不能在屬下面前表現膽怯，而且，他一直想表現出色。

表現得比孟空空、彭尖他們更出色。

所以他只好向前。

當然和他的刀。

驚夢的刀。

◇◇◇

可是，他的刀變了，脫手飛去。

夢碎了！

高瘦個子霍然回身。

仍然看不見他的出手，只瞥見他那張似終年封冰覆雪不見陽光的臉。

彭尖悶哼，突竄了出去。

他沒有聲息。

他的刀也沒有聲息。

一向以氣勢猛烈見長的「五虎彭門斷魂刀」，能練到「無聲無息」的，恐怕也只有彭尖一人而已。

刀光一閃。

然後就退。

他退的時候，已救回了習煉天。

習煉天的胸襟，有一點鮮紅。

紅點極小，彷彿只有紅豆般大小。

可是習煉天整個人都崩潰了，看他的樣子，像有人用刀把他的腸子切成了六段，再把他的心肝各扎了八針，而又把他的十指都剁了下來還要痛上十倍八倍。

彭尖人很矮小。

但他挺著身子，執著刀，像一截鐵筒。

他的胸襟也溢著血。

血迅速的擴染開來，以致整件藍色短袍，都漸漸變成紫色。

那人又背過臉去，仍然看著屋外的雨。

——雨景有什麼好看？

孟空空不知道。

他一手抄住了習煉天被擊飛的刀，才發現自己滿手都是汗。

——這人到底是誰？

他也不知道。

他只知道那一干黑衣殺手，正扶傷背死的，匆匆退出酒館。

——面對這樣可怕得接近恐怖的強敵，他該怎麼辦？

◇◇◇

就在這時候，他就聽到一個聲音。

一個讓人感覺到悠悠從容、溫和親切、甚至可以從聲音裡想像出說話的會是一個肥肥胖胖、滿臉笑容、沒有什麼事不可以解決的人。

「天下第七、習少莊主、孟先生、彭門主，你們可熱鬧哇！近來可好？」那人還添了一句，就像爲人勸酒加茶一般：「近來可發財了？」

唐寶牛和張炭一見那人，一個舒了一口氣，一個臉色越繃越緊。

這人肥肥胖胖，和祥福泰，就像他的聲音一樣。

他當然就是朱月明。

刑部總捕頭朱月明。

他一出來，唐寶牛就知道有救了。

——這些人難道敢當著刑總大人的臉殺人不成？

張炭一見刑總就頭大。

因爲他吃過官衙的苦頭。

不過兩人都很驚奇。

驚奇的是朱月明第一句叫出來的話。

——「天下第七」!?

什麼是「天下第七」？

◇◇◇

瘦長個子忽然不見了。

外面是剩下了風雨淒遲。

似乎朱月明一出現，他立即就消失。

「天下第七，天下第七……」孟空空喃喃地道：「像這種人也算是天下第七，那麼天下第一豈不是……」

「他這個外號，一點也不謙虛，」朱月明笑眯眯的道：「他所認為當今的天下第一為本朝太祖，他自己排到第七，怎麼能算謙虛。」

朱月明笑笑又說：「他眼裡縱橫古今，不過只有六人排名在他之上，怎麼能說謙虛。」

孟空空輕吁了口氣：「他真的沒有謙虛，一點也不謙虛。」

「對了，」朱月明笑得一團和氣地道：「他一向也都不是謙虛的人。」

唐寶牛對此人興趣奇大，忍不住問：．．「他是個怎麼樣的人？」

朱月明笑容一斂：「我只知道他叫『天下第七』，別的我什麼都不知道。」

張炭看著外面淅瀝不停的夜雨，忽生感嘆：「也許，他也是個家事國事天下事事事傷心的人。」然後壓低聲音向唐寶牛道：「他就是當日一入長安，便叫賴大姊頭疼的人。」

「誰知道？」朱月明好像並沒有注意他低聲說話：「或許他是個家事國事天下事俱不關心的人。」

孟空空忽道：「難得刑總大人如此雅興，來此飲酒？」

朱月明笑道：「當然不是，我哪有孟先生這般福命！我只聽說此地有人毆鬥，便過來看看，你知道，蒙皇上的恩旨，在下擔這小小微職，實重若千鈞，不得不盡些心力。」

孟空空看看地上只剩下自己這方面折損的三名刀手，再看看習煉天，已痛得像全身的力氣都被抽空了，至於彭尖，正閉目運氣調息，便道：「是的，我們幾個人，在這裡喝酒，忽然間，這批人殺了進來，還殺了我們三個人。」

「你們的確是死了三個人，」朱月明道：「不過，他們好像也死了幾個人。」

孟空空忙道：「對，他們也沒討著便宜。」

「人命都是一樣，死了就是死了，可是活著的人便不同，當今的國法是：殺人就得償命。」朱月明好像很苦惱似的道：「有時候，我皇命在身，的確不得不執行緝懲。」

「是是是，這個我明白，」孟空空的臉面有些穩不住了：「朱大人神目如電，明察秋毫，我們是在方侯爺帳下吃飯的，又怎麼敢無故觸犯朝典國法呢！」

「對了！」朱月明笑逐顏開地道：「你們是方侯爺的親信，當然不會罔視國法，只不過嘛……」

他好像很爲難似的道：「萬一你們涉案，這就叫知法犯法，可是罪加一等的呀！」

孟空空自襟裡掏出一疊紙，交到朱月明手中，道：「大人身上沾雨了，請用這些廢紙揩揩。」

孟空空正要走近去握朱月明那隻肥手的時候，朱月明身旁一直緊跟著的一位垂頭喪氣、垂目欲睡的老人，忽然雙眉一聳，雙目綻射出兵器般的寒光來。

另外一個害臊的年輕小伙子，今天卻不在朱月明身邊。

朱月明卻捏著那團紙，笑道：「謝謝你，我身上不濕，請拿回去。」

孟空空忙搖手道：「不不，揩一揩總是要的。」

朱月明捏著那團紙，仍笑道：「如果我身上濕了，它還不夠揩，你留著自己用吧！」

孟空空會意地忙道：「要是不夠，我身上還有一些，還是請刑總大人賞面……」

朱月明身旁的那老人忽瘂聲道：「大人的意思是說：拿回去！」

孟空空涎著笑臉道：「刑總要是嫌少，我回府後再請公子送十倍的來……」

那老人一聲叱喝道：「收回去！」

孟空空無奈，只有接回紙團，揣入懷中。

「你可知道我眼力爲何這般好？」朱月明居然笑著問。

孟空空一時不知道怎麼回答是好。

「因爲我年紀大了。」朱月明自問自答。

看他的樣子，不過三十來四十歲，肥人特別慢老，更何況是笑態可掬的胖子，不過他現在說自己「老了」，孟空空也唯有聽著。

誰叫他是朱刑總。

——世間所有「老總」說的話，總有一班不是「老總」的人恭聆。

「年紀一大，眼力便不中用了。」朱月明繼續笑道：「打個比方，剛才我明明看見有七、八個黑衣人躺在地上，好像是死了，但一眨眼就不見了，一定是我看錯了。」

孟空空總算有些明白朱月明的意思了。

他感激得幾乎要跪下來。

——在京城裡，誰不知道朱刑總的手段。

——他要整你和他不要整你，絕對是天淵之別，即是上天堂與下地獄般的不同。

——而今朱月明這樣說，便算是「表態」了。

「譬如我現在看到地上，仍有三個擘著刀的死人，可是只要轉眼間他們也不見了，我也一定會以爲自己是眼花。」他轉首問身邊的老人：「任勞，你看我是不是有點眼花？」

老人恭聲道：「如果地上真的有死人，大人又怎會看不到？」

朱月明漫聲問：「所以地上根本沒有死人，對不對？」

老人答：「對！」

朱月明又向孟空空笑道：「你剛才說過佩服我神目如電了嗎？」

「我明白了！」孟空空心悅誠服的道：「大人只看到該看到的東西！」

「對！」這次輪到朱月明答：「一個人要是只看到他該看到的東西，聽到他該聽到的事情，說他該說的話，做他該做的事，一定會活得愉快一些，也長命一些的。」

孟空空馬上「收拾」了地上的死人。

他們甚至沒有在酒館留下一滴血跡。

然後他們才敢離開。

唐寶牛和張炭也想要離開。

朱月明忽道：「剛才不是有人說，這兒有人毆鬥過的嗎？」

老人任勞道：「是啊！這裡的後門塌了，桌椅翻了，連茅廁也破了，是有打鬥過的痕跡。」

朱月明瞇著眼睛四顧道：「是麼？是誰在打架？」

任勞一指張炭和唐寶牛：「就是他們。」

朱月明笑瞇瞇的看著他們，就像一個餓了很久的人，看到豐盛的菜餚一般：「就是是他們兩人？」

然後他下令：「拿他們回去！」

唐寶牛和張炭沒有逃，也沒有頑抗。

他們逃不了。

酒館外還有數十名捕役，是京城裡六扇門中的一流好手。

他們也不想逃。

因爲老人任勞在扣押他們的時候，特別低聲說明了：「回去只要交代清楚，便沒事了，我們也只是爲了公事而已。」

張炭和唐寶牛也想隨著他們離去——至少這樣可以免去孟空空等人的追殺或「天下第七」等的伏襲。

可是他們錯了。

◇◇◇

他們忘了有一種人的話是萬萬不可相信的。

五十五　幾許風雨

「這兒打翻的東西，本來應該是由我們來賠的。」張炭臨走的時候，向那嚇得目定口呆的老掌櫃與小夥計打著安慰似的手勢說：「現在不必了，有朱刑總在，自有公賬，你們放心好了。」

「你也放心好了，」朱月明身邊的任勞道：「我們會賠的。」

他發出低沉而乾澀的笑聲道：「反正，又不是要我們掏腰包。」

「你說的對，」張炭也笑道：「掏自己腰包的事，不可多爲；掏別人腰包的事，不妨多做。」

「咱們真是一見如故，氣味相投，」任勞搭著他倆的肩膀道：「我請你們回去，坐下來好好的聊一個痛快。」

於是張炭和唐寶牛，步出這凄寒的酒館，往多風多雨的城裡走去。

雨裡，在前面提著死氣風燈領路的衙役們，被手上的一點涼光映出寒臉，從俯瞰的角度看去，這一行如同屍體，被冥冥中不知名的召喚，趕屍一般地趕去他們棲止的所在。

——京城裡還有幾許風雨？

風雨幾許？

◇◇◇

——這就是「痛快」！？

如果「痛快」是這樣，唐寶牛和張炭這輩子，都寧可再沒有「痛快」這回事。

——這不是痛快！

——而是快痛死了！

——「痛苦」極了！

他們現在明白了。

刑捕口中的所謂「只要交代清楚，便沒事了」，是把他們吊了起來作「交代」，而且「交代」的話，他們認爲「不清楚」，那就是「不清楚」，還要繼續

「交代」，「交代」到他們認爲的「清楚」爲止。

譬如任勞這樣問張炭，而張炭這樣地回答：

「你爲什麼要來京城？」

「怎麼？京城不可以來麼？」

後面一名跨刀獄卒，忽然一腳蹬在他的腰眼上。

張炭痛得好一會說不出話來。

「是我在問你，不是你問我，你最好弄清楚。」

張炭是被倒吊著的，連點頭也十分吃力。

「你爲什麼來這裡？」

「是你請我來的。」

「什麼？」

「你說要我們來這兒交代清楚的啊！」

任勞嘆了口氣，頭一點。

繩索絞盤軋軋作響，張炭手腳被拉成「一」字型，整個人成了倒「土」字型，痛苦得哭了出來。

唐寶牛怒道：「大丈夫，頭可斷，血可流，就是別哭！」

張炭痛得淚如雨下：「我不是大丈夫，我還沒有結婚，我只是好漢！」

唐寶牛自身也不好過，他被綑吊成弧型，後腦似乎觸及腳尖，綁在一個大木齒輪上，整個人都快要被撕裂開來了。

可是他仍然吼道：「是好漢，就流血不流淚！」

張炭痛得齜牙咧齒，哼哼哎哎的道：「我……我還是寧可流淚，只要能不流血！」

唐寶牛怒叱：「我呸！丟人現眼……」接下去的話，他就說不出了。

因爲任勞已示意把絞盤收緊。

唐寶牛快要變成了一個圓型。

他只覺胸腔的骨骼，快要戳破胸肌而出，腰脊骨快要斷裂成七、八十片暗器一般地滿佈他背肌裡。

「他說不出話來了。」任勞向張炭說：「我再問你一次，你來京城是幹什麼的？」

這次張炭馬上回答。

「我是送雷純回來的。」

「雷純？」

「『六分半堂』雷總堂主的獨生女兒。」

「你跟她是什麼關係？」

「她是我的結拜妹妹。」

「聽說你還有幾個結拜兄弟，是不是？」

「是。」

「他們是『桃花社』裡的『七道旋風』？」

「是。」

「他們現在來了京師沒有？」

「沒有。」

「什麼!?結拜兄弟有難，他們都不來營救!?你騙誰!?」任勞一把扯住張炭的頭髮。

張炭感覺到自這老人枯瘦的指下，至少有近百根頭髮被拔了起來，而且即將有百根頭髮也被連根拔起，連頭皮也快被撕去了。

「他們不知道我們回來京城啊！」張炭叫道。

「你們兩人是偷溜出來的？」

「是！」

任勞退後一步，憑火炬的晃動，細察張炭的臉色：「你臉上的痘子真不少。」

張炭仍哼哼唧唧的道：「我青春嘛！」

「你皮膚也真不夠白。」

「我本來就叫張炭，黑炭的炭。」

「你真的跟雷純只是結拜兄妹而已？」任勞臉上有一個幾令人作嘔的笑容：「這般簡單？有沒有不可告人的事？嗯！」

張炭這次變了臉色。

是真的變了臉色。

不是因爲肉體上的痛苦。

而是因爲憤怒。

然後他說話了：「你真是個精明的人。」

任勞笑道：「對，你什麼事都瞞不過我。」他示意控制絞盤的人把繃緊的繩子鬆上一鬆，讓張炭能喘上一口氣。

張炭就真的喘了一口氣。

「你也很聰明。」

「你現在才發現。」任勞捫著鬚腳笑道：「也不算太笨，更不算太遲。」

然後他問：「你現在是不是準備把你們之間的真正關係，都告訴我知道了？」

「是，」張炭悄聲道：「但我只告訴你一個人知道。」他用目光橫了橫唐寶牛。

任勞立即會意：「來人啊，把他帶下去！」

唐寶牛吼道：「黑炭頭，你這個不要臉的兔崽子、龜兒子……」

然後他的叫罵變成了悶哼。

因爲一個刑捕用燒紅的火叉子刺進他傷口裡，立即冒上一股血臭的黑煙來。

張炭道：「也不必要他走，你把耳朵湊過來不就得了？」

任勞心中一盤算：這也好，讓唐寶牛親眼看見張炭出賣「六分半堂」的人，也是一記夠狠的伏著，便把耳朵俯了過去。

「你說。」

張炭沒有說。

他一口咬住了任勞的耳朵。

任勞怪叫，一掌掃了過去，張炭就是不放口，其他的獄卒也七拳八腳的，打得張炭耳、鼻、嘴一齊湧出血來，可就是不鬆口。

有人絞上了繩盤，把張炭扯起，可是張炭就是咬著任勞的耳朵，要把他也扯了上來。

唐寶牛看得睚眥欲裂，就是幫不上忙。

任勞痛得什麼似的，只好說：「你放口！你放口！」

張炭搖了搖頭。

任勞痛得耐不住，只好說：「你放口，我絕不打你。」

張炭鬆了口，任勞忽地跳開兩步，捂住耳朵，怒叱道：「動刑！」

張炭閉目嘎聲道：「我早知道你不會遵守信約的了，不過，我倒不餓，不想把你那一隻臭耳吞到肚裡，壞了我的胃口。」

說到這裡，張炭也就說不下去了。

因爲那些酷刑，正在扯他的皮、撕他的肉、裂他的肌、拆他的骨。

張炭仍然大呼小叫，喊爹喊娘。

唐寶牛這次卻忙不迭的道：「好，好，有種，有種！」

任勞撫著耳朵，狠狠地道：「我也知道你一向有種。」

唐寶牛坦然道：「我是好漢，你是小人！」

任勞恨恨地道：「就算你是好漢，我是小人又怎樣？一向都是小人折磨好漢，你痛苦，我開心。我把你整得不復人形，看你如何當好漢！好漢被整垮了，只是個死人，我這種小人卻能好好的活著，看著你們這種好漢的骸骨被狗啃，墓碑生青苔！」

唐寶牛道：「死又怎樣？你遲早也不過一死！我流芳百世，你遺臭千古！」

「去你的遺臭！」任勞笑罵道：「你死了出名，不如我活著逍遙！」

唐寶牛道：「難怪。」

任勞奇道：「難怪什麼？」

「難怪張炭不肯吃下你的耳朵。」唐寶牛一副恍然大悟的樣子：「原來你好臭，臭死了！」

唐寶牛自雨中茅房衝出來，身上還殘留臭氣，血汗雨漬，全混雜在一起，自然難聞，可是任勞還沒嫌他臭，他居然先罵起人臭來了。

任勞嘿嘿乾笑了兩聲：「那麼，我問你的話，像你這種英雄，是抵死不肯回答的了？」

唐寶牛瞪著眼搖首道：「不對。」

任勞倒是詫異：「哦？」

唐寶牛道：「那要看你問的是什麼話？」

任勞防他和張炭一般使詐，但又不得不把任務完成，便道：「只要你好好回答，保準叫你在這兒吃得好、睡得好、住得好……」

唐寶牛心下一沉：「你們準備把我們關在這兒一輩子？」

任勞呵呵笑道：「要是你們是清白的，誰也留不住你，只要你肯好好的合作，這兒可不是留人過世的地方。」

「那好，」唐寶牛道：「你先叫人停手再說。」

任勞道：「你先說幾句實話，我再叫人停手。」

「不行，」唐寶牛道：「我的兄弟要是受傷重了，我的心便會痛，我心痛的時候，只會語無倫次，一句實話都說不出來。」

「有道理，」任勞示意手下停止折磨張炭，張炭只在這幾句對話間，已被折騰得像被拆去了骨骼的狗一般，左手五指，有三隻指甲被掀起，鮮血淋漓，右眼球滿佔血絲，眼瞼被打得翻腫了起來，左眼則又青又腫得像一枚胡桃核，鼻骨被打斷，右手腕臼折斷，一名獄卒正把一根七寸長的鏽釘栓入他的肛門裡，任勞叫停的時候，長針已沒入了幾近一半。

任勞摸摸傷耳：「你說吧！」

唐寶牛長吸一口氣道：「你問吧！」

「你是『七大寇』中的一員？」

「明明是七大俠，什麼七大寇！」

「你來京城的事，你的結義兄弟沈虎禪、方恨少、狗狗、『幸不辱命』他們都知不知道？」

「知道。」

「你爲什麼要來京師？」

「我是來看溫柔的。」

「溫柔？就是蘇夢枕的小師妹？」

「也就是我們大夥兒的小妹妹。」

「你是來看她的、還是來見她的師兄蘇夢枕？」

「我爲什麼要見她的師兄？我又不認得蘇夢枕！」

「現在你認得了？」

「當然。」

「有什麼感想？」

「有什麼不敢想？」

「你最好老老實實的回答我，不然，你的朋友可有苦頭受的！」

唐寶牛悶哼一聲，卻聽那邊廂的張炭居然還能掙聲叫道：「大水牛，你別擔心，我痛得呼爹喚娘，但絕不會叫你別管我不要回答，因爲我知道我越是這樣叫，你便越不忍心，少不了會爲了我把祖宗十八代都出賣不迭了！」

「去你的！」唐寶牛啐道。

任勞這下可按捺不住了，疾叱道：「聽著，他再胡說半句，先把舌頭割下來！」

獄卒們一聽齊應，煞氣更甚，像隨時都準備把張炭活生生宰殺掉。

張炭這下可嚇得伸了伸舌頭，噤住了聲。

任勞這才向唐寶牛問道：「到底是不是沈虎禪叫你來聯絡蘇夢枕的？」

「不是。」

「你知不知道，他，」任勞一指被幾名大漢強力按住的張炭，道：「是不是『桃花社』的賴笑娥派來跟雷損勾結的？」

「當然不是。」

「爲什麼？」

「因爲他剛才說不是。」

「他說不是就不是？」任勞怒道：「你是牛？不長人腦？」

唐寶牛居然沒有動怒：「因爲我信得過他。」他反問：「我們犯了什麼罪，你有什麼權來拷問我？」

任勞道：「你們跟城裡的黑幫往來，就是犯法！」

唐寶牛道：「那你們又爲何不去抓他們，卻來抓我們？」

「好，你們倆哥兒，倒是一對活寶！」任勞嘿聲道：「你們別以爲不說，那就能脫罪，不管是『七大寇』還是『桃花社』，全都是賊黨，我們有一千個理由可以下你們在牢裡過一輩子，也有一百個理由可讓你們丟掉腦袋瓜子。不是我心狠手辣，是你們敬酒不吃吃罰酒！」

他說這些話的時候，那施刑的大漢正把燒紅的火鉗子壓在唐寶牛的傷口上，又是吱的一聲響，隨而一陣焦臭的氣味。

唐寶牛全身都痛得抖了起來。

「別以爲你們嘴硬，這地方，要算我最手軟。」任勞冷笑著，似乎很欣賞唐寶牛現在的表情：「我給你們一天的時間，好好反省反省，省得後天晚上由任怨來問你們，那時候，嘿……」

「他要是出手，」任勞衷心地道：「連你們自己都不能再弄得清楚，究竟誰才是張炭、誰才是唐寶牛。」

五十六　垃圾

他們兩人被丟進牢房來的時候，就像兩堆垃圾。

人有時候也像垃圾，只不過「垃圾」這兩個字，有時候是指他的人，有時候係指他們腦子裡所想的東西。

對唐寶牛、張炭而言，「垃圾」是指他們現在的「外形」。

以外形來說，唐寶牛就像一堆「大垃圾」，張炭則像一堆「小垃圾」。

因爲唐寶牛的塊頭較大。

可能也因是這個緣故，兩人手腕、腳踝都銬上了鐵鍊，垂著鉛球，但唐寶牛的脖子上，還加了一副鐵枷。

鐵枷重七十三斤，若非唐寶牛，別人恐怕連走都走不動了。

張炭之所以不必套枷，也許是因爲他比唐寶牛不具威脅性之外，他的確已被「修理」得「不似人形」。

唐寶牛望著張炭，望了半晌，才透出一口氣，道：「沒想到我們兩個，今晚都變成了垃圾。」

「你比較像，」張炭居然仍能開玩笑——唐寶牛本來以爲他還能說話已屬奇蹟：「你又臭又髒，比我像垃圾。」

「我還以爲你已快不久於人世，」唐寶牛訝然道：「沒想到你已死了七、八成，但那張口還生龍活虎。」

「對，我一向都是『舌在故我在』的。舌在人在、舌斷人亡。你沒發現剛才那個癆病鬼一說要割我舌根，我就不說話了嗎？」張炭說：「沒有了舌頭，怎麼活？我有個結義兄弟張嘆，便是少了舌根，我可不想像他那樣子活著！」

唐寶牛點頭道：「我明白了。」

張炭問：「你又明白了什麼？」

唐寶牛道：「好人一向都不長命，像你這種無情無義、無法無天、自私自利、自大自負的東西，只怕一時三刻都死不了。」

「你說對了，所以，你死了我都沒死。」張炭笑道：「我還等著替你發喪呢！你沒聽說過嗎？有一種人，平時很脆弱，動輒呼天搶地，但活得比許多強人都更有韌性、更加長壽！」

唐寶牛怪眼一翻道：「我們身在此地，處於此際，是談情說愛的時候麼？」

「談情說愛？」張炭揚著他那條被烙去半爿的眉毛，歪著扭傷的脖子：「我們？」

唐寶牛道：「我們比談情說愛還不如，我們正在等死，在討論誰先死。」

張炭苦笑道：「不談這些談什麼？難道說逃亡？你以爲被關在這裡還能逃出去？」

這時，兩個巡邏的獄卒走過，一個粗眉橫眼，伸腿進來就往張炭背部踢一腳，一面怒罵道：「死孬種！談什麼逃亡，看我踢死你！」

他還沒縮回腳，唐寶牛已大吼一聲，撲了過去，因行動不便，受傷不輕，手腳上銬鐐又太重，無法扣拿對方，只全身大力的壓了下去，只聽「格勒」一聲，那獄卒的腿敢情是折了。

獄卒痛得哇哇大喊。

另外一個暴眼麻皮的獄卒，連忙把水火棍擲搠進牢裡，往唐寶牛頭上、背上使勁的打，張炭手腳並施，撲抓住棍子，大叫：「兩位大爺，饒了我們吧！」

獄卒打了一會，才告氣消，叱道：「還不放手，討打麼!?」

張炭連忙鬆手，那獄卒趁勢把棍首一搠，在張炭胸口頂了一下，張炭只覺胸口發悶，喉頭發甜，幾乎吐出一口鮮血來。

唐寶牛一見，吼著又要上前，那麻皮獄卒連忙收棍退後，隔著鐵牢，唐寶牛也無用武之地，那麻臉獄卒恨恨地道：「看你爺爺日後怎麼收拾你！」

這時候，喧噪早吸引了幾名獄卒，都過來把原先那名粗眉橫目而被唐寶牛折傷了腳的獄卒拖走，一個牢頭過來，勸那名麻子獄卒道：「豬皮蛋，算了吧！這兩人還是朱老總要提審的人哩，待任大爺審得他只剩皮肉，你再把他們連皮帶骨哽下肚裡，也沒人管了！」

說著就把他拉走了，獄卒們對二人加倍戒備，在遠處虎視眈眈。

唐寶牛經這一折騰，也累得氣喘吁吁；在剛才與獄卒糾纏的時候，其他牢裡的囚犯也引起一陣騷動，現在都平息下來了。

張炭倒有興緻，用手上的鐵銬輕搥打著石壁，一名刨牙的獄卒光火起來，抄哨棍就要進來毒打，那猥瑣的牢頭卻止住了他：「由他們去吧！挨拷完了，自有你止癢的。」

張炭這樣有一下、沒一下的敲著，唐寶牛可忍無可忍了，罵道：「死鬼崽子！敲喪樂呀？你要死，就拿頭殼去敲，別吵煩了老子，也要你好看！」

張炭笑了一笑，摸著脖子的傷處，低聲道：「聽！」

唐寶牛啥也沒聽見，只聽到隔幾室的囚犯鐐銬軋軋和低聲呻吟。

「聽？」唐寶牛低吼道：「聽個屁！」

張炭噤聲道：「別嚷！你沒聽清楚麼？」

唐寶牛見他煞有其事的樣子，也只好傾耳細聽，才發覺也有敲打石牆的聲音。

他冷哼道：「見鬼了！發瘋也會傳染！」

張炭道：「你可知道我剛才的說話一直都在胡扯一通，言不及義的理由麼？」

唐寶牛不情不願地答：「你說話一向如此！」

「廢話！那是因爲剛才有人在隔壁囚室裡偷聽咱們說話。」

「你怎會知道？」唐寶牛半信半疑。

「因爲人偷聽的時候，如果內力不高，必定耳貼牆壁，屏息細聆，就像你剛剛那樣。」

「這樣又怎樣！你聽得出來有人偷聽不成！？」

「可是，耳緊貼牆，血液流動的聲音，血脈震動的聲音，同樣也透過牆壁，傳了過來……」

「難怪你對那癆病鬼的耳朵那麼有興趣，」唐寶牛依然不服氣：「原來你對耳朵素有研究。」

張炭不理他的話：「一個人屏息之時，呼吸法自然與常人不同，只要仔細分辨，很容易便能辨別得出來。」

唐寶牛道：「現在還有沒有人偷聽？」

「經過剛才這一鬧，他們都以爲我們胡說八道，現在又被揍得七葷八素的，就算能說得出話，也準像狗嘴裡長不出象牙來。」

「你是狗嘴，我是象牙。」

「對，你還有象鼻呢！反正認不認隨你，不過，他們倒把人暫時撤掉了，不然，怎麼剛才那麼一糾纏，就跑出那麼多名獄卒來？」

「難怪，原來就是從隔壁牢裡鑽出來的！朱胖子這麼做是啥意思？」

「他可沒意思。」

「他無緣無故的把我們抓來這兒，平白毒打了一頓，還說沒有意思!?」

「他可沒毒打我們，動手的只是任勞。任勞在刑捕班裡可沒有司職。」

「那算什麼？」

「至少他可以脫罪，矢口否認，不關他的事。他把我們抓起來，看來至少有三個目的。」

「什麼目的？」唐寶牛這回可興味盎然了。

「第一、他想憑藉我們，知道更多一些『六分半堂』和『金風細雨樓』的事。」

「呸！他想知道『六分半堂』和『金風細雨樓』的事，不會去問雷損和蘇夢枕麼！」

「嘿！雷損和蘇夢枕可會回答嗎？」

「那他也可以隨便抓幾個『六分半堂』和『金風細雨樓』的人來問呀！」

「抓不相干的嘍囉，可啥都問不著。要抓重要角色，雷損和蘇夢枕一定會有所警惕、有所行動，你知道，『風金細雨樓』與『六分半堂』跟朝廷都有掛勾，朱月明這樣做，划得來嗎？」

「要不是朝廷的意旨，朱月明又何需冒這趟渾水，去起『六分半堂』和『金風細雨樓』的底？」

「說得好！看來，朱月明有他的打算。」

「說不定，是那個什麼方小侯爺下的命令。」

「這倒不會。方應看看來也跟這件事有關，但不見得就與朱月明同路，不然，他們就不會在酒館裡跟孟空空等人有所爭持。」

「嘿嘿！」

「『嘿嘿』是什麼意思？」

「『嘿嘿』有兩個意思。」

「哪兩個？」

「第一個『嘿』是現在外面還是黑天暗地的意思。」

「第二個呢？」

「就是人心隔肚皮，黑得很的意思。」

「你說的是誰？」

「這裡還有誰？」

「你說我？」

「這可是你自己說的。」

「我是張炭，一向皮黑心不黑。」

「你心不黑？把朋友當豬當牛般賣出去還不知道的，還算不上黑!?」

「你這話又是什麼意思？」

「你才沒意思！幾時跟孟空空、彭尖、習煉天這一些耍刀的寶貝哥們結拜起來了？像老子這等人物居然才當老四！哼！」

張炭笑得脖子都痛了。

唐寶牛幾乎立即就要翻臉：「我管你有幾個耍刀子的結義兄弟，你再笑，信不信我把你門牙都拆下來鑲到眉毛上去!?」

「你請便。不過，剛才在酒館裡，我爲了讓他們鬼打鬼，才叫出那麼幾個名目，你這位四肢發達的，居然聽了就信，哎呀真是……」

唐寶牛窘紅了臉：「那班在茅房外暗算老子的又是誰？」

「你問我，我問誰？」

「那他們抓我和你來問『金風細雨樓』和『六分半堂』的事，也問不出道理來呀！」

「可是如果朱月明要知道的是『金風細雨樓』和『六分半堂』跟『桃花社』及『七大寇』的關係，抓我們就很有道理了。」

「我們七大俠跟『金風細雨樓』有啥瓜葛!?」

「我們『桃花社』與『六分半堂』也沒有牽連啊!不過，朱月明可不是這樣想法。」

「所以他就把我們抓來這裡？」

「我擔心的是他們不只是把我們抓來這裡。」張炭眼有鬱色。

「你的意思是說，要把其他的人也引來……」

「或者可以用你我來威嚇我們的兄弟。」

「他這樣做是什麼意思？」

「你問我？」

「我問誰！」唐寶牛搶著說：「這就是他們把我和你抓起來的第二個目的？」

「敢情是。」

「第三個目的呢？」

「他一定有第三個目的。」

「什麼目的？」

「我……現在還沒有想到。」

「你……你又說有三個目的!?」

「是呀！只不過有一個目的還未曾想出來罷了。反正，多說一兩個也有備無患呀！」

那敲牆聲依然斷斷續續，張炭兩手鐵鍊忽在唐寶牛的頭枷上敲了幾下，發出鎯嘡的響聲。唐寶牛怒道：「你又要討打！」

張炭低聲道：「你這還沒發現？」

唐寶牛訖道：「發現什麼？」

張炭的樣子衝動得像要跳起來，對唐寶牛戟指大罵，但其實所說的話完全不是那麼一回事：「咱們假裝是在罵架，彼此惡言惡語，但說的是正經事兒，這就比較不受人注意。」

唐寶牛本就生得高大威猛、凶神惡煞，裝腔作勢本亦是他所長，兩人看來真是像在爭執、吵架。

「那敲擊聲是暗號。」張炭一面說，一面裝得好像很激憤的樣子：「在牢裡，一定有同道中人，按照江湖規矩，他們理應要做營救工作。」

「你是說他們會救你？」

「至少他們會設法。」

「他們要是能救人，爲何不先救自己！」

「每一行有每一行的行規，每一幫有每一幫的幫規，每一家有每一家的家法，每一門有每一門的門禁。他們進來這裡，就不一定能夠自救，但不等於說他們全沒了勢力。事實上，在監牢裡，也立山開寨，有時候一座牢裡，有十幾個大阿哥哩！」

「他們爲啥要救你？」

「因爲我大。」

「你……大？」

「我輩份大。」

「在江湖上，你的輩份……」

「很高。日後他們出來，需要我照應，而且，盜亦有道，這些人特別講義氣，江湖救急，他們比誰都熱心。」

「所以那暗號是告訴你……」

「不，是問我。」

「問你什麼？」

「問我走不走？」

「走，怎麼不走！」

「這可不一定。」

「爲什麼？」

「可不止是犯人那幫人問我，剛才那些獄卒中，也有我們的朋友，我也跟他打了手勢。」

「難怪你剛才那個窩囊樣子……原來在唱戲！」

「沒想到我們被關進來的事，會傳得這麼快，朱月明也始料未及。」

「誰傳的？那個天下第七？還是你那三個大哥二哥三哥？」

「都不是。」張炭說：「酒館裡的老店主和小夥計。」

「啊！」唐寶牛叫道：「那兩個怕得要死的人？」

「怕？一個人怕，怎麼會外表怕得要死，但眼瞳如常，既不放大也不收縮呢？」張炭又摸撫著傷脖道：「他們兩人，一老一少，在江湖上從來只有人怕他們，他們從不怕人，也不必怕任何人。」

「那好極了！」唐寶牛奮亢地道：「那就叫他們助我們逃出這鬼地方吧！」他好高興的道：「沒想到，認識你這種一無是處的朋友，到如今養兵千日、用在一朝，居然還有這點小用，喂！這可是你報答我一向對你照顧有加的時候了。走吧！」

「走？」

「怎麼？你還不想走哪？」

「不是不想走，而是不能這樣就走。」

這次唐寶牛是真的跳起來要破口大罵了：「你不想這樣走？難道要八人大轎吹吹打打你才願走不成？」

「不是，我只是不想連累別人。」張炭苦惱地道：「我這樣走掉，會連累朋友的。」

唐寶牛看著他，好像看到了一個在大白天裡突然冒出來的鬼一般。

五十七　回頭就見刀光

「我是不是人？」

「是。」

「我是不是你的朋友？」

「是。」

「那你怕連累別人，連累朋友，卻由得我陪你在此地活受罪，」唐寶牛這次已不用「演戲」，他是真的火了：「難道你自己不是人!?難道我不是你的朋友!?」

張炭垂下了頭，低聲道：「你並不是陪我。他們要抓我，也要抓你。」

唐寶牛火冒三千丈：「既然我們能逃，爲啥不逃!?」

張炭幾乎哀求地道：「你別那麼大聲好不好！」

唐寶牛的聲量雖大，但語音卻十分含混，此際居然向張炭瞅了瞅眼睛，濁聲道：「蠢蛋加十級！我們越罵得響，他們越是不加注意；越是小聲說話，別人就越思疑；」唐寶牛聲音時大時小、嗓門忽高忽低，縱是在他面前三步之遠的張炭，也聽得頗為費事：「你不相信？我就算罵他們是龜孫子、王八蛋、驢屁股、龜碴兒，他們都一樣充耳不聞。」

張炭嘆了一聲：「我現在真的有些佩服你起來了。」

唐寶牛咧嘴笑道：「我一向都很值得佩服，所以我這種人實在不該喪在這裡，而且，要是我死了，誰來保護溫柔？」

張炭喃喃地道：「對，誰來保護雷純？」

唐寶牛乘機勸道：「『六分半堂』和『金風細雨樓』後天就要決一死戰，你要是在，可以護住雷純，我要是在，絕不讓人加害溫柔，要是我們都不在那兒，誰知道雷純、溫柔會怎樣？」

張炭猛抬頭：「對！」這時候，他全身的傷都作痛起來，痛得冷汗直冒，哼嘿有聲：「我們一定得要離開這兒！」

「這就是了。」唐寶牛一副「孺子可教」的神情，道：「朋友是交來互相利用的，趕快給機會你的朋友有可用之處吧！」

張炭猶豫地道：「可是，我又聽人說道：朋友是交來互相幫助，而不是利用的。」

唐寶牛沒好氣地道：「其實幫助和利用，到頭來還不是一樣？只不過，一個好聽點兒，一個直接點兒。」

「可是我又聽一位前輩說過，如果以交朋友對自己有什麼利益的態度去交朋友，那就永遠交不到真正的朋友……」

「我說你讀書，只讀懂一半；聽話，只聽懂一截；那位前輩話裡真義，你懂個屁！」唐寶牛懊惱了：「朋友在埋頭苦幹、岌岌可危，你卻逍遙自在，書中自有顏如玉、黃金屋，這算什麼朋友？交根木頭還可以拿來當拐杖哩！朋友在水深火熱，急需援手，你卻百般藉口，萬般推搪；熱鬧必至，共事免談，富貴照享，患難割席，這算撈什子朋友？交個屁還有點氣！朋友當然不應也不是為利用而交，但真正的朋友，遇有禍患，自動出現，不需你三催四請，便冒死共進退，遇事不前，推三搪四的，這不叫朋友，叫豬朋狗友，酒肉朋友！」然後唐寶牛問：「你現在可以告訴我你的朋友幾時才可以把我們救走了吧？」

「不可以。」張炭老實不客氣地道：「因為連我自己也不知道。」

唐寶牛幾乎想立即扼死張炭，幸好張炭已及時說了下去：「只有他們知道。」

唐寶牛強忍怒氣問：「他們是誰？」

「就是要救我們的人。」

「他們會不會救我們？」

「這連他們也不知道。」

這一次，唐寶牛就真的撲了過去，跟張炭扭打在一起，俟獄卒過來打砸踢踹的把他們分了開來之際，當然，誰都不知道：唐寶牛頭、腕上的重枷，已被張炭妙手開啓。

——要不是他的手指受刑在先，就連唐寶牛腕踝上的鎖鍊，他也可以將之卸下。

唐寶牛終於安靜了下來。

他在等。

因爲張炭已趁亂在他耳畔說了一句：「明晚！」

——既然是明晚，今天就得要儘量使自己恢復精力，以應付明晚的逃亡。

唐寶牛只有等。

其實人生大部份的時候，都是在等。除了做，就是等；做，不一定做得成功；

等，不一定等得到：但不能因此不做、因而不等。

天色將明。

破曉。

——再一個晝夜，就是京師裡兩大幫派決一存亡的時刻。

王小石在「金風細雨樓」的「紅樓」前練功。

王小石每天早上，都要練功。

一個人武功要好，沒有其他的方法，只有勤練。

不過，不是「勤」就可以練成絕世武功，這一定要「悟」。

可是並非人人能「悟」。

人人能「悟」的，也許那就不是「悟」了。

人要能悟，必須要有天份。

天份是與生俱來，不能強求的。

所以歷來習武者不絕如縷，但高手、大宗師萬中無一。勤能補拙，但只能成爲高手，不能因而成爲宗師，可是，一個聰明的人既能勤又能妙悟，那就易有超凡卓越的成就了。

王小石就是這種人。

他每天都練刀、練劍、練氣、練功、練神。

由於人每天都會發生許多事情，往往身不由己，不一定能夠抽得出時間來專心練武，王小石便要自己在每天起床後，都得練武。

不管發生什麼事情，都風雨不改。

不過這天清晨，無風無雨。

昨夜一晚凄風苦雨，地上殘紅如赭。

王小石望著將昇未昇的旭陽，心中有很多感觸，像他的創意一般，將發未發，也似他的刀勢一般，將殺未殺。

——是不是一刀殺下去較好呢？

——殺對了，是除魔；殺錯了，也只不過是弑神！

——是不是一劍刺出去會好一些呢？

——刺中了，是得手；刺不著，也只不過是失手，刺或者不刺，殺或者不殺，都是一件事；一件事做了，就有對錯，可判是非，可論好壞，可定成敗，但將刺未刺、將殺未殺、猶豫不決、舉棋不定的時候，最是痛苦。

——也許自己不能成為天下第一的劍手刀客，便是因為出手不夠堅定和堅決之故！

王小石這樣地想。

——明兒便要跟蘇大哥、白二哥赴「六分半堂」不動瀑布，但自己卻仍無必殺必勝之心！

他發現白愁飛卻鬥志昂揚。

他們在京城半年了，很清楚地知道：「金風細雨樓」和「六分半堂」，都是黑道幫會。只不過，「金風細雨樓」「盜亦有道」、有所不為。嫖、賭、盜、劫都嚴令禁絕，而且，在抗外寇侵略上，曾糾結天下義士，以盡一己之力。「六分半堂」便無原則可言，但依舊是不失大節、共除外賊的。至於「迷天七聖」，則勾結金遼、奸淫燒殺、無所不為，尤其在關七神智失常之後，更像一頭脫韁於市的瘋馬，難以控制。

京城裡，已亂了這麼多年了，無論黑、白道，都希望有些平靜的日子過。

——要是「金風細雨樓」能夠一統京師，看來比較可以和可能達到「邪不勝正，昌大俠道」局面。

可是要達到一統的局面，真的要透過殺戮嗎？難道不能經過民心上的抉擇、比較，以理性與和平的手段來達成這件好事嗎？王小石這樣想的時候，越是無法釋然。

只是，正如蘇夢枕昨夜所言：「我們已經沒有退路了，非拚不能求存。」

王小石知道自己沒有選擇。

他是站在「金風細雨樓」這一面，去對抗「六分半堂」。

無論結果怎樣，後果如何，他在情在理，都必須這樣做。

——明天一役，能攻取得下「六分半堂」嗎？

——攻取了之後又如何？

——「金風細雨樓」一統京城，會是件好事嗎？

——自己的取向呢？

——去？還是留？

正在這時候，王小石驀然感到震怖。

不是殺氣。

真正的高手，出手的時候是沒有殺氣的，有殺氣的，還好防範。很多人以爲殺氣越大，武功越高，其實正好相反；真正的高手殺人不帶殺氣。

這是比殺氣更可怕的感覺。

要是別人，一定感覺不出來。

幸而他是王小石。

他及時回身。

一回身，就見刀光——

絕美的刀光。

絕世的刀法。

絕情的刀！

當他看見刀芒的時候，這把刀已砍殺了他——如果不是他已及時出刀的話。

因為沒有退路！

因為不能閃躲！

因為無法招架！

王小石只有反攻！

他全力出刀，全力出手。

出手一刀！

◇◇◇◇◇◇

刀迎著刀，驚艷遇著風華，在晨曦的長空中，化作兩道燦耀精虹。

就在這時，一縷急風，突破並透過了刀氣和刀風，直取王小石臉門！

王小石震驚！

——單憑那一刀，已是他平生未逢之高手！

——而今這一道勁風，更是平生罕遇之勁敵！

——究竟是什麼人，竟然在毫無徵兆的情形下，全都攻入了「金風細雨樓」？

他心震神盪，情急之下，那劍帶著三分驚艷三分瀟灑三分惆悵一分不可一世的發了出去……

◇◇◇

三道人影倏分。

王小石急促的喘著氣。

交手僅一招，他已氣喘吁吁。

可是他沒有叫喊。

有敵來犯，怎能不叫「金風細雨樓」的人出來應敵迎戰!?

王小石臉上充滿了驚疑。

因爲來的人左右分立。

左邊的是蘇夢枕，他已收回了刀，臉色發寒。

右邊的是白愁飛，他已縮回了中指，臉色煞白。

◇◇◇

王小石訝然道：「你們……」

蘇夢枕道：「我們來試一試你。」

王小石奇道：「試我？」

「我一直都認爲，以你的刀劍合璧，假如全力以赴，全面發揮，威力絕不在我的紅袖刀下。」

「所以你和二哥……」

「我發出了『破煞』一指，你揮劍封殺；大哥砍出一記『細雨黃昏』，你也橫刀封架了。」白愁飛接道：「這證明了你的武功，還大有發揮餘地，你就壞在舉棋不定、遇事猶豫，在生死相搏、全力以赴之時，無疑自掘墳墓。」

王小石怔忡了一陣子，忽道：「多謝大哥、二哥予我啓迪……」

蘇夢枕嘴角牽了牽，實際上他並沒有笑，可是不知怎的，他的眼神忽然溫和了，使你感覺到他有在微笑：「你最好記住我們的話。」他說：「因爲我們已沒多少時候了。」

王小石望望初昇的朝陽：「我們至少還有一天時間來部署。」

蘇夢枕道：「我們已部署好了，而且也沒有一天的時間。」他頓了頓道：「我們只剩下了一個時辰。」

王小石一驚道：「什麼!?」

蘇夢枕冷冷的道：「我們要提前發動總攻擊令！」

王小石變色道：「可是，我們不是說過，約好在明天正午才……」

蘇夢枕打斷道：「錯了，我們已接到薛西神叫人十萬火急捎回來的情報，『六分半堂』擬提前在今晚偷襲我們。」

他頓了一頓，才一字一句地道：「既然他們不守信約在先，我就以牙還牙，攻他個措手不及！」

五十八　大進擊

「我有幾句話要問。」白愁飛在一旁忽道。

「有什麼事情要問，」蘇夢枕道：「就趁這個時候。」

「你的『紅袖刀』，是不是雷損的『快慢九字訣法』之敵？」

「不知道。」

「雷損的『不應寶刀』是不是正好剋制你的『紅袖刀法』？」

「這個答案今天就會分曉。」

「雷損的棺材裡有什麼？」

「我到現在還不能確定。」

「你有沒有發現溫柔並沒有回來？」

「聽說雷純也不曾回到『六分半堂』。」

「在京城裡，似乎除了關七之外，仍暗潮洶湧，還隱伏了別的厲害勢力，你可有所知？」

「我和雷損都感覺到了，所以才急於決一高下，再來收拾殘局。」

「唐寶牛和張炭似乎也失蹤了。」

「他們要是真的出事，只怕『七大寇』和『桃花社』都得要趕來京師。」

「狄飛驚到底會不會武功？」

「我只知道狄飛驚的脖子原來沒有斷。」

「『一言爲定』究竟是誰？」

「你問來幹什麼？」

「決戰在即，知己知彼，才能百戰百勝。」

「你連郭東神也不知道是何人，又何需知道『一言爲定』是誰人？」

「因爲我想知道有沒有人能制得住『六分半堂』的『後會有期』。」白愁飛侃侃的道：「我懷疑『金風細雨樓』裡，根本已沒有了『一言爲定』這個人。」

「要是並無『一言爲定』此人，」蘇夢枕神色不變：「那麼『六分半堂』也不一定有『後會有期』此人，縱有，也不一定保準有作戰能力，所以你不需要擔心。」

「很好。」

「你還有什麼問題？」

「我還有一句話要問。」

「請問。」

「假如在攻打『六分半堂』這一役裡，你死了，『金風細雨樓』由誰統管？」

「集體領導：包括『四大神煞』、『一言爲定』、『無邪無愧』，以及你和老三。」蘇夢枕毫不慍怒地道：「你問的好，你放心，我相信我是死不了的。」

他臉色慢慢轉向陰霾，王小石發現他站在晨光中，有一種不調和的弔詭：「除非，在我所信任的人裡，有人出賣了我……」

語音一頓，忽問王小石：「你呢？你又有什麼話要問？」

王小石道：「我們雙方，曾經當眾相約，難道，這就毀約掩撲『六分半堂』？」

蘇夢枕看了王小石一眼，正色道：「三弟，你錯了。你這種個性，獨善其身猶可，若要照顧朋友兄弟，在江湖上混，就準得要吃虧了。」

他冷靜得像刀浸在水中：「對方毀約在先，我們就不算是毀約，而我答應他後天午時直赴『六分半堂』，便是料定他們會先行妄動，讓我們抓住先發制人的藉口。」

王小石倒吸了一口氣：「你料定他們不會坐以待敵，所以才故意貿然答應他們所指定的時間地點？」

蘇夢枕一笑道：「當然。」

王小石道：「那麼，他們意圖奪得先機，反而是錯誤的舉措了。」

蘇夢枕坦然道：「正是。所以世間很多約定，就算一再承諾，白紙黑字，也難保不變。約是死的，話是人說的，人到一定要變的時候，自有變通的辦法，這便是人的適應能力，也是人的可怕之處。」

他傲然一笑道：「現在你明白了沒有？」

王小石搖了搖頭：「我還是有一樣事情不明白。」

蘇夢枕目光閃動：「那必定是件有趣的事兒。」

王小石道：「你的腿傷明明還沒有痊癒，爲什麼那麼急著要去『六分半堂』？」

蘇夢枕臉色沉了沉，好一會，才沉聲道：「也許就是因爲我的腿傷，我才急著要去解決『六分半堂』的事。」

王小石聽了，心頭更沉重。

蘇夢枕負手，看了黃綠紅白四座樓宇一眼，流露出一絲難以覺察的眷意，再橫睨白愁飛、王小石一眼，道：「你們還有沒有問題？」

王小石望定蘇夢枕。

白愁飛作深深長長的呼吸。

蘇夢枕冷峻地道：「你們沒有問題，我倒有問題要問你們。」

「問題只有一個。」

「你們願不願意，爲『金風細雨樓』，消滅『六分半堂』？」

◇◇◇

答案是：「我不爲了這個，又何必站在這裡？況且我們若不是爲了這事，早已不能在這裡站著了。」（白愁飛）

答案是：「不願意。我不願意爲『金風細雨樓』效命，因爲樓是死的，人才是

活的。我們是爲大哥而效命。」（王小石）

蘇夢枕也有回話。

他的「回話」是伸出了一雙手。

白愁飛和王小石也伸出了他們的手。

六隻手握在一起。

緊緊的。

◇◇◇

在出發往「六分半堂」的時候，王小石悄悄地問了白愁飛一句話：「大哥有沒有抓到周角？」

「抓到了。」白愁飛若有所思地道：「蘇大哥便是在抓到周角之後，才下令提前攻打『六分半堂』的。『六分半堂』提前發動攻擊的事，很可能便是從他那兒得知。」

然後白愁飛也回問王小石一句話：「你看今天的局面，雷損會接受談判，還是會演變成血戰？」

「如果雷老總是要談和，他就不必發動突襲了。」王小石說：「你看今天的群相，人人都帶殺氣，流血已是免不了的事。」

「那很好。」白愁飛奮慨地道。

「爲什麼？」王小石很詫異。

「因爲我喜歡殺人。」白愁飛道：「殺人像寫詩，都是很優美的感覺。」

「我不同意。」王小石皺著眉道：「殺人像生吃活剝的田雞，我不喜歡那種感覺。」

「所以我和你是兩個人，兩個完全不同的人。」白愁飛微微笑道：「個性不同的人反而能合作成大事。」

「幸好，我們不止是兩個人。」王小石道：「還有大哥，以及樓裡的一眾兄弟。」

「但我有一種很奇怪的感覺。」白愁飛的神色很奇特：「我總覺得，有一天，我們就只剩下了兩個人，在一個鐵籠子裡，還是在一條狹道上，也不知是非分個你死我活不可，或是必須要相濡以沫。」

王小石猛然站住。

白愁飛別過了臉，繼續前行：「希望這只是個感覺。」

王小石長吸一口氣道：「這當然是個錯誤的感覺。」

◇◇◇

「金風細雨樓」部隊赴「六分半總堂」的時候，有一萬八千多人，分批出發，但如常山之蛇，首尾呼應，配合無間。

他們能通過守衛森嚴的京城，主要是因爲軍隊的協助掩護。

刀南神是京城裡禁軍的將領之一，就憑著這一點，「金風細雨樓」的人有極大的方便。

蘇夢枕出發的時候，隨後跟著兩頂轎子，一大一小，誰都不知道這兩頂轎子到底是從「金風細雨總壇」裡抬出來的，還是自外面抬回來的。

——當然更不知道轎子裡坐的是什麼人。

不過，在大轎子旁倒有兩個人，王小石和白愁飛是見過的。

一個是老人，又老、又倦、無精打采像負載不起他背後駝峰的一個老人，一個看去像三天三夜未曾好好瞌睡過眼皮的老人。

一個是少年，害臊而又怕羞，溫溫文文、十隻手指像春蔥一樣的年輕人，一個看似那種早睡早起三餐準時的年輕人。

王小石和白愁飛看到這兩個人就想起一個人。

朱月明。

——難道大轎子內是朱月明？

——朱月明為什麼會來？

——他跟蘇夢枕又是什麼關係？

——小轎子裡又是什麼人？

◇◇◇

轎子停放在「六分半堂」的總堂上。

「六分半堂」總堂的氣象恢宏，猶勝「金風細雨樓」，難得的是，雷損已在極位多年，「六分半堂」仍保留了一份江湖人的氣派。

雷損並不是在「不動瀑布」守候，他反而迎蘇夢枕一行人於「六分半堂」總堂。

「金風細雨樓」的人，在往「六分半堂」的途中，並沒有受到阻礙，直至蘇夢枕抵達「六分半堂」的勢力範圍中心的時候，才接連收到三道密報：

◇◇◇

「雷媚的手下在大刀砧截斷了我們的部隊。」

「叫莫北神率『無法無天』打散她們。」

「是！」

◇◇◇

「薛西神要在『六分半堂』發動的內鬨，但受到雷動天的牽制。」

「派郭東神助他突破危局。」

「是！」

◇◇◇

「刀南神的軍隊不能移前開動，滯留在七賢橋附近。」

「爲什麼？」

「朝廷裡一支力量已牽制住他們，其中包括相爺府龍八太爺的近身侍衛。」

「傳令下去，先行忍讓，不可貿然起衝突。」

「是！」

◇◇◇

這三道密報，一道比一道緊急，蘇夢枕接連失利的消息，連下三道命令，臉不改容。

——只是，「金風細雨樓」的「四大神煞」，一齊受困，難道他真的匕鬯不驚，不爲所動？

他握拳於唇邊，輕輕咳著，咳嗽聲似乎沒有加重，也沒有減輕，但這咳聲似非來自喉管，而是來自心臟肺腑。

他冷然走入「六分半總堂」。

王小石在他左邊，

白愁飛在他右邊。

他們三人走在一起，彷彿世上再也沒有什麼事，能教他們害怕的。

◇◇◇

雷損含笑出迎。

他既然提早發動攻擊，也自有防備，別人會更早發動攻勢。

進入「六分半總堂」的「金風細雨樓」的人並不多，除了那兩頂轎子，便是老人和少年，還有便是師無愧，就連抬轎人也退了出去。

「六分半堂」的人進入這大堂的也不多。

只有雷損和狄飛驚，另外便是一口棺材、一個人。

這個人負手走了進去，一面含笑與蘇夢枕打招呼，一副事不關己、己不關心的樣子。

王小石和白愁飛也認得這個人。

就算記不清他的容貌，也忘不了他的氣派。

——一種將相王侯的氣派！

「小侯爺」方應看。

——他怎麼會在這裡出現？

——難道他和「六分半堂」是同一夥的？

王小石和白愁飛都沒有問。

可是他們也不能問。

因爲這不是發問的時候。

而是決戰的時候。

他們不能問，方應看卻問了出來。

他是向著那頂大轎子笑問：「朱老總，你既然來了，何不現身相見？」轎裡的人笑得連轎子都顫動了起來，這樣看去，彷彿整座轎子都在抽搐著、喘著氣一般，這樣聽去，彷彿這人的笑，跟蘇夢枕的咳嗽一般辛苦。

「原來是方小侯爺也來了，小侯爺要朱老胖子出來，老朱就出來吧！」

他一出來，笑成一團和氣，彷彿此際「六分半堂」的總壇裡，不是在分生死、定存亡，而是在擺喜宴、慶祝會一般。

這樣的一個人，當然是朱月明。

方應看微微看著，他的一舉一動都顯露了他的風度和教養，然而還留著幾分要裝成熟的孩子氣：「你來了，那最好，可是，今天沒有咱們的事。」

朱月明忙道：「對，對，這是蘇樓主和總堂主的事，咱們是來做見證的。」

他們兩人說著，分兩旁坐下；朱月明滿臉笑容，眼睛眯成一線，卻盯住方應看腰間的劍，那一柄劍，古鞘厚套，卻隱然透漾著血紅，一如人體裡的血脈一般流動。

「你來早了一天。」俟朱月明和方應看坐定，雷損才向蘇夢枕道：「你把朱刑總請來，這樣最好不過。」

「你要提前出襲，『六分半堂』裡有我的人，你的行動，瞞不過我。」蘇夢枕冷冷道：「你一樣請來了小侯爺。」

雷損道：「我們之間，無論誰勝誰敗，都需要有人作證。」

蘇夢枕道：「聽你的口氣，似乎還執迷不悟。」

雷損嘆了一口氣，道：「我是『六分半堂』總堂主，我沒有退路，你叫我怎麼悟？」

蘇夢枕道：「其實你只要退一步，就能悟了；一味往前拔步，自然前無去路。」

雷損苦笑道：「那麼，你又何不先退一步？」

蘇夢枕臉色一沉，咳嗽，良久才道：「看來，我們也言盡於此了。」

忽然，一個人疾走了進來，到了蘇夢枕身邊，低聲說了幾句話。

來者是楊無邪。

「鄧蒼生和任鬼神率眾包抄了『六分半堂』的所有出口。」

「調朱小腰和顏鶴髮去瓦解他們，等我命令，立即發動。」

「是。」楊無邪立刻就要走出去。

雷損忽道：「這是『六分半堂』和『金風細雨樓』的事，也就是你的事和我的事。」

蘇夢枕淡淡地道：「這根本就是你和我的事。」

「如果沒有必要。」雷損道：「我們可以私下解決，不必驚動太多的人。」

「我也不想要血流成河，」蘇夢枕道：「只要我們之間有一個仍然活著就行了。」

「很好！」雷損的目光閃爍著一股奇異的狡獪：「你的『一言為定』呢？就在轎子裡？」

「你的『後會有期』呢？」蘇夢枕反問：「他總不會連這時候也不出來吧？」

「他已經來了。」雷損詭異地笑道：「你不知道？」

這時候，大堂上忽然發動一種奇異的嘯聲，這股嘯聲，竟是來自那口棺材裡。

五十九　黃昏細雨紅袖刀

「轟」地一聲，棺蓋忽被震開，一道人影，尖嘯掠起，已到了那頂轎子上，略一盤旋，突然間，他的頭、手、腳都分了開來。

這兒說「分了開來」，是一個非常詭異的景象，因爲誰都知道，人的頭顱、雙腳與雙手，是連在一起的，自然不會無緣無故的「分了開來」。

當然，被人砍斷是例外。

不過，那人的頭顱和四肢，並沒有斷，可是，他的四肢的確都像忽然都分成前後左右四個角度折裂，又似驟然「長」了起來，姿勢可以說是十分詭異，人還在半空，一拿一拳一踢一蹴，同時擊中轎子！

木轎「蓬！」的一聲，承受不起這麼巨大的力道，碎裂開來。

木屑飛濺中，塵煙冒起，轎子塌了。

轎內無人！

轎子坐墊上似有一張紙。

那人冷哼一聲，身形一顫，已閃電般抓起了那張紙，他的頭、手、腳全又「縮」回原狀，飛掠到雷損身旁，站定。

只見那人是一個神容矍鑠的老者，一臉暴戾之色，但看去又像正以強大的耐力，把自己的戾氣強忍不發。

只聽他忿笑道：「『一言爲定』果然沒有來！他和我鬥過七次，終於著了我的『兵解神功』，就算不死，也成殘廢！他怎敢來？」

蘇夢枕淡淡地笑道：「不過閣下當年也著了『一言爲定』的『舞鶴神指』。」

那老者怒道：「他那幾下蘭花指，焉能傷得了我！」

蘇夢枕道：「可是指力已滲入你的五臟六腑，你只是匿伏在棺槨裡修習『不見天日』內功，來鎮制指力割裂之苦。」

老者白眉聳動，雙目凶光暴現，又強忍壓下，一時卻沒有說出話來。狄飛驚忽道：「咱們『六分半堂』的『後會有期』已經來了，你們的『一言爲定』呢？是躲著，不敢見人？還是死了？『金風細雨樓』已沒有了長老？」

蘇夢枕神色不變，只淡淡地道：「你何不看看那張字條？」

「後會有期」已經在看那張紙條。

那紙條裡只有幾行字。

他一眼就看完。

然後他臉色發白、口唇震顫，全身也抖嗦了起來，手裡的紙條，也被內勁激成了飛灰。

接著他尖嘯了一聲，轉身便走。

他走的時候比出現之時更快疾。

他甚至沒有跟雷損交代一聲就走了。

他掠出去的時候，四肢和脖子，似被拆了線的木偶，失了骨架的恐龍，幾乎是「殘缺不全」般的掠了出去。

「後會有期！」蘇夢枕對驚疑不定的雷損道：「『一言爲定』是著了他的『兵解神功』，但他在轎子裡佈下的『詭麗八尺門』的『藕粉』，恰好可以把他強壓下的『舞鶴神指』潛動，引發了開來。」

「所以，」蘇夢枕一反手，掣出了紅袖刀，刀光騰起一陣凌厲而且艷麗的殺意：「今天仍是你和我的事。」話才說完，刀光已釘向雷損的咽喉。

刀光綽約。
像一抹夕暉。
像一場細雨。
其實只是刀。
一把刀。
紅袖刀。
絕世的刀法。
絕情的刀鋒。

◇◇◇

雷損大喝一聲，發了一招，似雷霆一震。
他的「快慢九字訣法」，每發一招，俱大喝一聲，大喝之際，天地似爲之寂滅。
蘇夢枕的刀則如電光。

刀光自雷鳴裡刺入、戳入、割入、捲入！雷損的出手快慢不定，時速時緩，驟然間，他把「臨兵鬥者皆陣裂在前」一招九式全都發了出去。

蘇夢枕刀光紛飛，似銀雨千道，如果說雷損所發出去的勁道一如一張天羅地網，萬滅漩渦，那麼他的刀就是一張專切羅網的利器，專破漩渦的神槳。

在「後會有期」急退，蘇夢枕拔刀攻向雷損的時候，狄飛驚驀地抬頭。

他這一抬頭，王小石與他四目相接，心頭一震，狄飛驚雙肩一晃，似要有所行動，可是雷損的「九字訣法」已發了出去。

「九字訣法」不但攔住了蘇夢枕，也同時截住了狄飛驚和白愁飛的動意。

白愁飛原要攻向狄飛驚。

王小石被狄飛驚盯了一眼，好像迎面著了一拳，狄飛驚如果在此際攻殺他，無疑是最好的時機。

可是在他攻向王小石的時候，也同時是白愁飛攻殺他的最佳時機。

就這麼一猶豫間，三人交手的「去路」已被雷損的內勁和蘇夢枕的刀光所封鎖、切斷！

王小石這才回過神來，見蘇夢枕在狂飆厲勁下，尚可斷切自如，進退有度，心頭方才一喜，忽爾就聽見了咳嗽聲。

咳嗽聲。

蘇夢枕一面嗆咳著，鼻下、唇邊，都溢出血來。

很快的，連耳際、眼角，也現出了血跡。

王小石同時發現，蘇夢枕的身形，似已慢了下來。

這種緩慢，不是一流高手，是絕不可能覺察的，那就好像是喝聲與叫聲的速度比較哪一種快入耳一般。

其實就算是王小石，也分不出來。

但他卻能淸楚地辨析到：蘇夢枕的身法，確不如先前瀟灑。

主要是雙腿的步法，已不那麼從容自若。

——腿傷！

王小石一念及此，心中一沉。

這時候，場中殘局倏然大變！

雷損驟爾收招，疾掠至棺旁。

蘇夢枕臉色一變，不顧調息回氣，正待還擊，狄飛驚和另一人已同時出手！

「另一人」是朱月明。

朱月明騰身截住了狄飛驚。

狄飛驚雙手一按棺蓋，凌空掠起之際，身法極之迅疾，雷損遽然收回勁氣，蘇夢枕急起追襲。刀網頓撤，狄飛驚一動，白愁飛已然出指。

白愁飛出指「破煞」，但他的指勁攻到之際，狄飛驚已經不見。

他飛掠即起。

朱月明卻在這時候滾了出來。

他的人圓滾滾的，他整個人也像是一粒球般滾了出來。

他這種姿勢，就像是有人一腳把他「踢了起來」似的。

但他卻能及時在半空中截住狄飛驚，一拳飛擊狄飛驚的鼻樑。

他這一拳，極之突兀，看來只是「少林神拳」之類的基礎功夫，但這一拳卻像有人在他的臂肘一拒，使他突然出襲似的。

就是這一點「突然」，這一招已和天下千百高手名家所使的迥然不同了。

可是狄飛驚更突然。

他沖天而起，就像孤鶩飛向落霞。

「噓」的一聲，他穿破了屋頂。

朱月明身形疾沉，就在這時候，他又做了一件極之「突兀」的事。

他的雙手「突然」扣向蘇夢枕的咽喉！

這一下出手之「突然」，就像那一對手根本不是他的。

蘇夢枕正在全力對付雷損。

雷損閃過他一刀，已到了棺材前，忽然俯身，抽出一把刀來。

這是一個不應抽刀的時候。

那是一個不應有刀的所在。

雷損卻在這時候抽出了他的寶刀「不應」。

「不應」一出，整個大堂的人，都覺得被一種奇彩所充滿；然而這刀卻無顏色，黯淡無光，但瞧在每一個人眼裡，都有不同的顏色，有的發出亮烈的黑光，有的如青電，有的如赭血，有的竟是五彩光華，目爲之眩。

雷損一刀在手，整個人的戰志都似被帶動，發出瘋狂似的攻擊，殺力只怕猶在關七之上。

這已不是寶刀。

而是魔刀。

蘇夢枕並沒有退。

他的紅袖刀，漾起一種淒美的顏色，像落花一般無依，甚至有些順從。

但可怕就在它的順從。

雷損的魔刀力量強得不可思議，但蘇夢枕的紅袖刀依然如被翻紅浪、晨巒點翠一般的纏住了對方。

——究竟「紅袖」挽不挽得住「不應」？

——「不應」是否割捨得了「紅袖」？

誰也不知。

因爲朱月明的攻擊已到。

蘇夢枕大翻車、斜倒坡、旋身巨潑風，居然在「不應」刺目的刀光裡，還能躲開朱月明這突如其來的一擊！

朱月明驟然變招！

這變招突然得不像是在變招，而似本來這一招突被人在肘上一托，方向理應不同一般！

朱月明布槌一般的，屈指，扣向蘇夢枕雙肩！

同一刹那，雷損的魔刀展開了更猛烈的攻勢，比瘋狂更瘋狂，比驟雨更驟雨，比驚雷更驚雷！

蘇夢枕一面抵擋不應寶刀的攻擊，一面急退，他退的時候，右手刀仍是七攻一守，左手五指卻似彈琴似的，揮、送、點、戳、按、捺、拍、推、拿、揉、撚、捏、挑，屈伸吞吐，招架抵擋著朱月明的攻勢。

就在他速退的時候，左腿略爲有些不妥。

這不妥也許只是一絲微的，甚至連肉眼都瞧不見的，但朱月明已「盯」住了它！

他的雙手，已突然轉扣在蘇夢枕腿上。

左手扣大腿，右手扣小腿！

不過他還沒有發力，有三道攻擊同時集中在他身前、身後、雙手！

那是王小石的刀和劍，以及白愁飛的驚神指。

朱月明在這霎間就要決定一件事：

——放手？還是不放？

要是放手，蘇夢枕會不會放過他？

要是不放手，他應不應付得了這一刀一劍一指？

他要是先毀了蘇夢枕一條腿才放手，白愁飛和王小石的攻擊會不會先毀了他？

就在這時候，又同時發生了兩件事。

比朱月明出手更「突然」的事。

方應看突然拔劍。

劍作龍吟，清脆悅耳。

可是那把劍，卻十分難看。嚴格來說，根本不配稱爲一柄劍，劍身凹凸不平、劍鋒奇鈍無比、劍脊彎曲、劍尖歪斜，如果說有出色之處，便是這把劍隱隱透出紅光。

一種乍看已令人心動，細看足以讓人心血賁動的紅光。

他拔劍、出劍，一劍震開白愁飛、王小石、朱月明三人。

真的是「震開」。

他自己也被「震飛」。

他藉三人真氣互激之力，安然的「飛」回自己原來的座椅上。

看他的神情，彷彿大局已定。

——大局本就變異無常，真會安定下來？

朱月明已拿不住蘇夢枕的腿，他扯動著白愁飛和王小石二人的刀劍指的攻勢，斜落一旁，三人正不知要打下去好，還是不打下去好，忽聽場中一聲悶哼。

狄飛驚已穿瓦而入，準確地落在雷損背後。

雷損本正全力搶攻蘇夢枕，此刻突然一顫，然後他就艱苦地垂下了刀，嘴角溢血，痛苦地道：「是你，沒想到……會是你！」

然後他就做了一件事。

他驀然一躍向棺材！

狄飛驚一擊得手，臉上正浮現一種詭異的神色，忽見雷損投向棺槨，臉色大變，叫道：「大家小心……」

他呼喊的時候，已在急退。

他退得如斯之快，帶著極深巨的恐懼，一下子已越過了朱月明、王小石和白愁飛。

場中的人，無不被他所流露出來的驚恐而帶動，不由自主的往後退去。

只有兩個人不退。

方應看不退。

他沖天而起，貼在屋頂上，俯視棺材。

蘇夢枕也不退。

他不退反進，一面大叫道：「你不必死，我可以讓你……」

就在這時候，爆炸已然發生。

◇◇◇

爆炸不是很劇烈。

但是很可怕。

待塵埃落定，瓦礫沉地之後，那口棺材已炸成碎片，原先的地上，也炸成了一個大洞。

爆炸發生的時候，方應看藉炸力倒飛上了屋頂。

蘇夢枕站得最近。

他身上炸傷了好幾處。

他整個人似失了魂、落了魄。

他是勝利者。

——可是爲什麼一個戰勝了的人會出現這種神情呢？

一種似是被騙了，帶點自嘲、十分無奈、一點悲哀的神情。

「你不需要死的。」蘇夢枕喃喃地道：「你死了，就剩下我，和我的寂寞……」

方應看卻似蝙蝠一般地「滑」到屋角樑上，此際又似壁虎一般「游」了下來：「他既然抱著必死之心，何不把我們也一齊炸死，同歸於盡呢？」

「你猜得對！」狄飛驚道。

「哦？」

「他是想要跟大家玉石俱焚，可是在棺材外的引線，全給我清除了。」狄飛驚正式地抬起了頭，眼睛發亮：「我只不能碰他的棺材。」

方應看笑了，笑意也帶著譏誚：「假使他讓你碰他的棺材，只怕他連想死也死不了。」

狄飛驚似全沒聽懂他的諷嘲之意：「他不讓我沾他的棺材，結果他也死無葬身之地。」

方應看聳了聳肩，掛起了劍，懶洋洋的道：「他信對了人！」

「狄飛驚不是雷損的朋友。」蘇夢枕忽然說話了：「他原來是雷損夫人關昭弟一手栽培出來的高手，雷損蠶食了『迷天七聖』的勢力後，逐走關昭弟，把狄飛驚吸納爲用。」

狄飛驚淡淡地接道：「所以，我有理由報復。」

王小石恍然道：「原來大哥已找出狄飛驚和雷損的真正關係了。」

「正如解決問題一樣，找到問題的癥結點，就似找對了鑰匙開鎖一般。」蘇夢枕道：「這都是楊無邪及時要朱小腰、顏鶴髮引他入『七聖盟』總壇收集關七資料的功勞。」

白愁飛冷笑道：「所以我們只是來演一場戲，無關輕重的角色……」

蘇夢枕道：「可是沒有你和老三敵住朱刑總，只怕現在炸成飛灰的，不是雷損，而是我……」

朱月明馬上接著話題：「我跟雷老總一場朋友，答應過要助他一臂，而今恩斷義絕，人鬼殊途，京城裡黑白二道，已是蘇公子掌裡乾坤，我朱大胖子第一個沒有異議，並願效犬馬之勞……」他笑得一團和氣、兩團恭敬、三團高興似的道：「蘇樓主不在乎多交一位朋友吧？」

「天子腳下，誰願意得罪刑部朱大人的？」蘇夢枕走過去，拍拍狄飛驚的肩膀道：「可是你若要交朋友，就得多交幾位。」

「朋友不妨多交。」朱月明笑顏逐開地道：「不知道還有哪幾位朋友？」

「老二白愁飛。」

「老三王小石。」

「老四狄飛驚。」

蘇夢枕一口氣說了這三個名字，然後對狄飛驚道：「從今以後，你可以仰臉抬頭做人了。」

狄飛驚眼裡隱漾淚光：「是。自從我背棄關大姊，投向雷老總，我就不曾再抬過頭。」

「當今京師王畿裡，已沒有雷老總，只有狄大堂主。當日在三合樓上，只因雷損匿伏在場，你不便答允我所提出的條件，」蘇夢枕望定狄飛驚，道：「但我說的話一樣生效。從今天起，你替我好好管理『六分半堂』。」

狄飛驚身子震動了一下，咬住下唇，半晌才吐出一個字：「是。」

蘇夢枕仍盯著他，似看入他的深心裡：「你第一件要做的事是什麼？」

狄飛驚仰臉，緩緩吐出一口氣，道：「我要收回『六分半堂』發出的命令，撤回部署，不讓『六分半堂』與『金風細雨樓』廝拚。」

「很好。」蘇夢枕眼裡已似有了笑意，這似把原先劍鋒般的語言，變得風吹花開一般溫暖：「雷純和溫柔，到底給你們安排到了哪裡？」

「我不願見她們目睹今天一戰的情況。」狄飛驚道：「我已派人把她們送到林哥哥、林示己、林己心那兒去，她們隨時都可以回來。」

「若沒有你，薛西神的身份早就教雷損識穿了。」蘇夢枕眼裡露出關切之色：「你掌管『六分半堂』，小心雷家的人不服你。」

「我知道。」狄飛驚道：「雷媚、雷動天、雷滾都是人才，我能用就用，到了真不能用之時，我也自有解決之法。」

「那我就放心了。」蘇夢枕忽然一陣搐顫，師無愧急忙扶住他，王小石和白愁飛也圍護了上來，只聽蘇夢枕低聲道：「我腿上的毒傷，除非切除一腿，否則不能清除毒力……這幾天我一直用內力逼住，剛才交手運勁，又引發了毒性蔓延……先扶我回樓子裡再說。」說到此處，已咬緊牙關，幾閉過了氣。

蘇夢枕在說這幾句話的時候，方應看正面對狄飛驚漠然笑道：「恭喜，恭喜！」

朱月明也向狄飛驚笑得天花亂墜的道：「佩服，佩服！」

狄飛驚眼角瞥向那炸成殘屑的棺木，隱有一股落寞之意，口裡應道：「豈敢，豈敢！」

六十　溫柔的這一刀

當晚，雷純和溫柔就千方百計地「逃」了出來。

原本，溫柔到「六分半堂」去，與雷純剪燭談心，溫柔看雷純柔弱可憐，頓生起保護她之心，大談她闖蕩江湖的軼事，又說自己如何英武，如何把惡霸巨寇，都嚇得聞風喪膽云云。雷純只是溫柔地聽著，俟她說得渴了，便捧了盅冰糖蓮子百合糖水，兩人一羹一羹的吃，一夜秋雨到天明。

溫柔說得累了，便睡著了。

雷純看著她面頰似熟透了的桃子，恬睡裡漾著春意，忍不住輕輕的用手在溫柔的嘴邊撫了撫，拂了拂她那在睡夢中兀自不平的髮絲，忽然溫柔叫了一聲：「死阿飛，我不理你了！」迎空打了兩拳，逼得燭火一吐，卻又睡了過去。

雷純瞧在眼裡，心裡嘆了口氣，正想滅燭，忽見門縫有黑影一閃。

雷純心忖：在「六分半堂」重地裡，有誰敢闖進來？當下只低聲喝道：「是誰？」

只聽那人應道：「小姐，是我。」

雷純打開了門，只見門口站著的是白衣狄飛驚，眼裡似有一種複雜的神色。

雷純一怔，奇道：「狄兄，夜深了，有何見教？」

狄飛驚往裡面張了張，見溫柔在桌前睡著了，身上還披著雷純替她蓋的被衾，於是道：「大小姐，驚擾了，總堂主要請妳過去一趟。」

雷純側了側首，隱隱感覺到有些不對勁：「到哪兒去？」

狄飛驚嘴角牽動一下，只道：「先避一避再說。」

雷純拗然道：「避？我爲什麼要避？」

狄飛驚用手往裡一指，道：「不止妳要避一避，連她也要迴避。」

雷純隨他手指往內一看，狄飛驚已趁此點了她的穴道，雷純只來得及驚呼半聲，就軟軟踣倒。

溫柔被這半聲驚呼驚醒，見雷純跌在地上，抄刀就要上前維護，忽覺人影一閃，急風捲面，睡眼惺忪中不及招架，已給狄飛驚自後制住了穴道。

狄飛驚點倒二人，向門外伏著的林哥哥、林示己、林己心等道：「把她們先送到破板門裡，好好招待。」

雷純和溫柔就這樣，被送到破板門的大宅子裡。林哥哥是「六分半堂」的分堂堂主，與「金風細雨樓」決戰這等大事，自然要全力參與。林示己和林己心都是「六分半堂」的香主，由他們來負責監視雷純和溫柔。

◇◇◇

雷純和溫柔的穴道被解開了之後，心中的疑團，卻怎麼也解不開。

「那王八羔子爲啥要點我們的穴道？」

「……」

「那小兔崽子幹嘛要把我們關在這裡？」

「我……不知道。」

「那死東西究竟是什麼意思？」

「不知道……」

「妳是『六分半堂』總堂主的寶貝女兒，怎麼什麼都不知道？」

「只怕不只是我不知道；」雷純幽幽地嘆了口氣道；「恐怕連爹也不一定知道。」

「不行，明天就是大師兄和妳爹決一勝負的時候了。」溫柔急得直跺腳：「我們不能賴在這裡，該在外頭主持大局才是。」

她雖然這樣說了，但到了晚上初更時分，還是逃不出去。

囚禁她們的人，除了不讓她們出去之外，對她們還是非常禮待，必恭必敬，準備的菜餚也都非常講究，甚至還送來了沐浴用的衣物，梳刷簪釵、胭脂水粉、筆墨書籍。

這使得雷純越發不明白。

——到底用意何在？

——看來還要她自己留在這兒一段時日。

不過，監視的人這般誠惶誠恐，反而使雷純想到了「逃走」的方法。

——明天是「六分半堂」與「金風細雨樓」決一生死存亡之際，自己絕不能窮耗在這裡，尤要提醒爹爹好作防範。

於是雷純問溫柔：「妳想到辦法了沒有？」

溫柔一楞：「什麼辦法？」

「逃走的辦法呀！」

「這個……」溫柔苦思地道：「我正在想，差一些些就想到了。」

「能不能逃走，就靠妳了。」

「這個當然。我一定會保護妳的，妳放心好了。」

「其實也沒什麼不放心的，他們對我們還滿客氣的。」

「誰知道他們安什麼心眼？」

「只要他們對我們仍注重，假如我們有什麼不妥，他們可是責任重大……」

「對！本姑娘萬一有個什麼，他們都脫不了干係！」

「妳肚子疼不疼？」

「什麼？」

「我肚子有點疼。」

「妳肚子疼？這怎麼得了！」

「如果我的肚子突然疼起來……」

「妳別嚇我，怎麼會呢？」

「假如飯菜裡下了毒，就會了。」

「他們竟敢下毒？我……」

「我就裝作中了毒，引他們進來，妳……」

「不錯！」溫柔喜孜孜的跳了起來，一副摩拳擦掌的樣子：「這正是我想到的法子之一：妳裝死，我來一一打發他們。」

「好，」雷純也笑了：「還是妳聰明。」

「看我的吧！」溫柔興致高昂：「教他們知道本姑娘的厲害！」

「不過，他們一直沒對我們怎樣，妳雖武功絕頂，但還是別下重手，」雷純小心翼翼的說：「萬一不成，還有個餘地。」

「妳也太顧慮了！」溫柔不當一回事：「本姑娘出手，沒有不成的事！」

於是雷純佯作哀呼，溫柔淒聲怒罵，果有人衝了進來，溫柔正要動手，忽然一看見進來那三人的臉色。

溫柔登時打不下去了，還是叫了起來。

雷純也聳然動容。

這三人臉上已呈紫黑色，眼白現出了銀灰色，三人恍似不知，見溫柔如此驚呼，才互望了一眼，臉上也都出現驚駭莫已的神色來，互指對方顏臉，吃驚地道：「你……你……」卻都倒了下去，抽搐幾下，已然氣絕。

雷純與溫柔驚魂未定，往外闖去，卻見地上橫七豎八，倒了十幾名「六分半堂」隸屬於狄飛驚的手下，全是五官溢出紫血，舌頭吐伸、瞳孔放大，中毒身亡的。

溫柔從一名死者的身上，抽回自己的星星刀，兩人一路逃出破板門，因怕被人發現，潛過骯髒陰黯的巷角，溫柔護在雷純身前，心驚膽戰地領路，但又不識得路，全靠雷純出言指示。

忽聽雷純低聲道：「慢著。」

溫柔嚇了一跳，正要回頭問她，忽聽雷純低聲疾道：「別動！」

溫柔不小心滑了一下，發出了些微的聲響，只見在巷口前，有一條人影，像一直在等候什麼似的，此際忽然回頭，直往這齷齪的巷子裡走來，遠處街角門庭前的燈籠，只照在這人的背肩上，使他的輪廓漾出一層鍍邊似的死色的光芒。

完全看不清楚臉容。

燈火的餘光卻略可照見雷純和溫柔的容色，不知怎的，兩人都感覺到一股奇詭的煞氣。

不是殺氣。

而是煞氣。

十分邪冶的煞氣。

於是她們開始想退走，但發現那是一個死巷，三面是壁，高莫可攀，正是「高板門」三條街後牆的死角，地上全是穢物，污糟透了，氣味十分難聞。

那人冷漠，一座邪山般的走了過來。

雷純微微顫抖著，溫柔見退無可退，起身護住雷純，嬌叱道：「喂！你是誰？膽敢……」說著想要拔刀。

那人閃電般出手，摑了溫柔一巴掌。

溫柔被摑得金星直冒，牙齦冒出了血。

那人一起膝，頂在溫柔小腹間，這樣子的出手，不但不當她是一個嬌柔的女孩子，同時也不當是女人，甚至不當她是一個人。

溫柔彎下了身子，那人雙手一握，扳起溫柔，直貼近牆，溫柔背脊頂在冷牆上，痛得哭了起來。那人低著頭，避開燈光，一手撕開她的衣襟。

溫柔驚叫一聲，那人左手扣住她脈門，略一運力，溫柔登時全身癱軟。

那人再一撕，連她的褻衣也告撕破，那人喉頭裡發出一聲幾近野獸般的低嘶，一手握住她如小鴿子一般柔軟的乳房。

溫柔的身子，至此劇烈的震顫起來。

那人的身子，依舊頂壓著溫柔的身子，溫柔忽覺那人一隻冰冷的手，已摸到自己的下體來，溫柔想要掙扎，可是發覺四肢百骸，已全不由她使喚，她只能發出小動物瀕死前的低鳴來。

暗黃的酸臭味摻和著那人的體味，使溫柔在驚駭莫已中，只想到這是惡夢快點驚醒。

那人又來扯她的下裳。

她用手緊緊拉著，那人又劈臉給她一記耳光，溫柔就完全軟了下來，只能飲泣，秀小的柔肩益見可憐。

「嘶」的一聲，下裳被剝去。忽聽「叮」的一響，那人回手一格，已擋開雷純自後刺來的一釵，針釵已落到地上。

那人一回看，似怕見燈光，忙又垂下了頭，雷純迎燈光一站，眼裡充滿了挑釁，神情充滿了不屑：「你要女人是不是？怎不來找我？她只是個孩子！」

那人只看了一眼，被雷純幽靈若夢的眼光吸住，發出一聲低吼，雙手已箍住雷純，把她逼到了牆邊，不忘一腳回蹬，把溫柔踢得痛蹲了下來，一面用手扯掉雷純的下裳。

雷純全身都冰凍了！

她的血卻在燃燒，一路隨到耳根去。

那是因爲恥辱。

極度的恥辱。

那人一手捧起她的臉，一手倒劈著雷純的雙手，然後略矮了矮身子，雷純只感覺到一陣炙熱，那像燒紅了的鐵棒戳進體內的感覺，只聽一個扭曲的聲音吼道：「好，真好……」然後便是溫柔驚恐已極的低泣聲。

雷純沒有哭。她的臉靨略映著燈色，極淸靈和美，眼光掠起一種不忿的水色。

那人抽動著、抽搐著，還一把吻住了她，把唾液吐到她的小嘴裡。

雷純雙手倒抓在牆磚上，在濕泥牆上抓出了十道爪痕。極痛和難聞的氣味，以及受辱的悲憤，使雷純有一種亟欲死去的感覺。

然後那傢伙忽然大聲的喘起氣來，身子也抖動了起來，他倒似想起了什麼似的，急急想要離開雷純的身體，回頭望向溫柔。溫柔這時正吃力地爬起來，破碎的衣衫掩不住白皙而瘦小的胴體。

雷純一咬牙，忽然抱住了那人，也夾緊了他。

那人一時不能離開，接著，他也捨不得離開了。他看著雷純的臉，衝動似山洪般爆發，雷純緊緊的皺著雙眉，感覺到像打翻了的沸粥，炙痛了她傷痛的秘處，可是她不作任何一聲告饒。

在溫柔驚詫莫已的眼眸裡，那人已軟倒了下來，就趴在雷純的身子上，直把她壓在牆邊。

然後他突然推開雷純，忿然道：「好，你要我不能再跟她……」

話還沒說完，忽然有一條人影，自巷口閃過。溫柔大叫：「救救我們……」

那人影「咦」了一聲，失聲道：「原來有人……」

剛姦污了雷純的漢子冷哼了一聲，遽爾掠了出去，一掌切向巷口那人右頸的大動脈。

雷純掙得一口氣，即時叫了一聲：「小心……」

巷口那人即時往後一跳，避開一掌，可是因為身上多傷未癒，差點摔了一跤。他這一跳，到了燈光照得著的地方，不過因他的膚色太黑，燈光映照下五官輪廓依然教人看不清楚。

那淫徒又待進擊，痛下殺手，突然街角躍出一個高大的漢子，雷鳴一般喝道：「他奶奶的，兀那小丑！俺是無敵巨俠唐寶牛，閣下何人，暗裡偷襲，算什麼英雄好漢——」他嘴裡說著，手下可不留情，已打了三拳，踢出四腳，只聽原先那膚色甚黑的漢子嚷道：「別囉嗦了，我聽得是雷姑娘的聲音……」高大威猛的漢子道：「好像還有溫柔小妹的聲音……」

但就這幾句話的功夫，兩人聯手，已感不敵，若不是那人不想被燈光照著顏面，只怕兩人都得要傷在那人手下。

正在此時，那黑個兒突然發出幾聲怪異的尖嘶，忽似狗吠，忽似鼠鳴，如此發了幾聲，街頭巷尾，都此起彼落，有了響應。

原來在那一帶丐幫的人，還有一些摸黑裡的宵小，一聽是江湖道上自己人的緊急召令，忙聚攏過來。其中包括了污衣、濕衣、淨衣、錦衣、無衣五派人馬，那人一見情勢不妙，既怕無法一一盡數收拾這干人，又不想敗露行藏，手上一緊，急攻幾招，飛躍而起。

不料溫柔卻在此時掩了過來，羞忿出刀，她的刀法本就是武林絕技，只不過運用不得當而已，溫柔的這一刀，攻其無備的在那人背上劃了一下，那人悶哼一聲，回頭狠盯了溫柔一眼，溫柔立覺那是對幽綠色的眼光，不禁打了一個冷顫，那人已穿槽越脊而去。

那高大個兒一見溫柔，喜而叫道：「是妳，果然是妳！怎麼會在這裡!?」溫柔一見是他，不顧衣衫破爛，撲了過去，哇的一聲哭了出來。高個兒聽得心都碎了。

高大個兒正是唐寶牛。

皮膚黑的自是張炭。

——兩人藉著張炭跟囚犯、獄卒、刑捕的關係，好不容易才逃了出來。

其中一個「輩份最高」的牢頭向他們嘆道：「我們救你倆出來，多少也得冒上一些罪名，他們日後自會嚴加防範，你們再要被逮進來，可誰都保不住了。」

張炭、唐寶牛辭謝了這一干憑義氣相救的江湖人，正想偷偷潛回「六分半堂」和「金風細雨樓」，好參與明天之役，正在破板門三條街口要分手之際，忽聞呼救之聲，就遇上這回子的事。

這時，雷純也整理好了衣衫，緩緩的走了出來，燈火映照下，臉色有一種出奇的白，但兩頰又燒起兩片緋紅，令人不知道那是艷色，還是恨意。

溫柔只哭道：「純姊，純姊……」卻不敢過去沾她。張炭見雷純也在，自是喜悅，又見巷子裡外人多而雜，便道：「雷姑娘，咱們不如先回『六分半堂』，跟雷總堂主聚議再說……」

忽聽一個污衣乞丐咕嚕道：「雷總堂主？他早已死了，當今已是狄大堂主的天下了。」

雷純一震。張炭一把揪住了那名乞丐：「你……你說什麼？」那乞丐倒唬得一時說不出來，但其他的人都七口八舌的說：「六分半堂」與「金風細雨樓」已提前在今晨決過勝負，雷損已歿，狄大堂主掌權，「金風細雨樓」得勝，今後「天下太平」。

雷純聽了，長睫毛終於滾落了兩滴晶瑩的淚，落到臉上，她沒有用手去揩它，也沒有再落淚。

張炭愣了愣，喃喃地道：「怎麼我們才被關了一夜，怎麼世界就會變了樣？」

「管它的！」唐寶牛想了想，想不出個所以然來，便說：「它怎麼變，咱們就怎麼活吧！」

六十一　大好頭顱，誰刀砍之？

以唐寶牛和張炭的「罪名」，自天牢裡「脫身」，本來可以說是沒有可能的事。一直等到第二天的傍晚，他們仍在樊籠裡，不過，也不知怎的，任勞並沒有再來審問他們。

唐寶牛早已失去了耐性，煩躁極了。

張炭想到明天「金風細雨樓」與「六分半堂」的決戰，心中也很懸念雷純的安危。

到了晚間，獄卒送飯，唐寶牛一見又是自一個骯髒至極的大木桶裡勻出一羹豬糠似的「食物」，注入他們的破碗裡，忍不住叫道：「這不是人吃的！」

那獄卒冷哼一聲：「怎麼？你在外面是皇帝，到了這兒也只是王八！這裡多少人吃了個三五十年，也從沒有這等怨說！」

唐寶牛又待發作，張炭一閃身，到了柵邊，只沉聲道：「千葉荷花千葉樹，千枝萬葉本一家，不知往天涯的路怎麼走？往你家怎麼去？」

那獄卒也不敢怠慢，道：「天涯路遠天涯近，天下雖大此吾家。家中有五豹、一磴、十話梅，上不了天，下不了地，牧童遙指處，此處不通行。」

唐寶牛一楞，問：「你們說些什麼？」

張炭趕忙道：「老哥，請高抬貴手，予以放行。」

獄卒瞪了唐寶牛一眼，但對張炭的態度倒還不錯：「我早聽他們說了，大家也在設法了，可是你是朱月明下令拘拿的人，又是任勞負責的要犯，只怕難行。如果拖上十天八天，倒好辦事。」

張炭誠摯地道：「紅花十七瓣，咱是桃花老五，你就行個方便，我們實有非在今晚出去不可的苦衷。」

「這樣……」那獄卒沉吟了半晌，又瞪了側首睜眼望著他們的唐寶牛一眼：「你一定要兩個一齊出去？」

「咱倆一起進來，就一起出去。」張炭十分堅持。

「要是只走一人，倒好辦事……」獄卒用木杓敲敲木桶邊沿，下定決心似的道：「沒法子了，只好請動……他了。」

張炭道：「他？」

獄卒道：「悲歡離合門外事，不見天日淒涼王。」說著便神色惶然的走了。

張炭呆在那裡，半晌作不得聲。

唐寶牛問：「那是什麼東西？」

張炭忽叱道：「胡說！」

張炭很少對唐寶牛那麼凶，唐寶牛倒是不氣，反而更奇，只改口道：「那是個人？」

張炭喃喃地道：「原來……他也在這裡。」

唐寶牛趁機問：「誰？」

張炭道：「淒涼王。」

唐寶牛奇道：「淒涼王？」張炭便不說下去了。

到了入夜，忽聽牢門依呀打開，兩個獄卒走了進來，然後走入一名白髮蒼蒼、臉色蒼白、又乾又矮又瘦，但臉上的肌肉偏鬆弛得合成了贅肉的老頭子，向張炭問：「你是桃花社的張老五？」

張炭抱拳躬身道：「點字龍尾，晴字龍頭，小弟只是從虎的風，拜見從龍的青雲。」

那老人道：「天大地大，無分彼此。很好，你一定要走？」

又問：「兩個人走？」

唐寶牛插口道：「你是誰？凄涼王？」

老人臉上陡然顯出極其驚懼的神色來，退了一步：「我……你別亂說！我只是這裡的死囚而已！」

張炭連忙喝止唐寶牛：「他是這兒不見天日的弟兄裡的大阿哥，人稱郭九爺。」一面向老人賠禮道：「我這位兄弟，不懂事，請九爺不要見怪。」

那老人這才回過神來，道：「我也不是什麼九爺，我姓郭，叫九誠，江湖上的人給我一個渾號，叫『惡九成』，來到這兒二十多年，也沒變，還是惡不了全！」

唐寶牛頓覺這老人十分好玩，大合他的脾胃。郭九誠道：「凄涼王遣我來問你們：是不是今晚一定要出去？」

張炭斬釘截鐵的道：「是。」

惡九成又問：「出去以後是不是即刻就找蘇夢枕？」

唐寶牛道：「要是溫柔還留在姓蘇的那處，我自然先去找他。」

張炭沉吟一下子，才道：「我先找雷純。雷純是雷老總的女兒。」

老人惡九成反問：「要是雷純不在呢？」

張炭一怔，道：「那麼，雷損總會知道她的下落吧？」

惡九成笑道：「要是你也找不到雷損呢？」

唐寶牛卻說：「慢著，你自己也出不了此地，又怎麼救得了我們？」張炭忙捏了他一把。

惡九成也不以爲忤，只說：「我不能，但是淒涼王能，不過，他要你們先答應他一個條件。」

那條件就是要他們在「破板門」附近，帶走一個四肢都像打斷了似的老人，要求唐寶牛透過溫柔的關係，把這個人引薦蘇夢枕——至於蘇夢枕要不要用這個人，則是不干他們的事，不必負上責任。

遇上這種事情，唐寶牛自是大拍胸膛：「沒問題，都包在我的身上。」

張炭和唐寶牛都不知道淒涼王此舉是何用意，因急著出去，就不加細析了。臨「越獄」前，那有意放行的牢頭還叮囑他們「千萬不要再進來」。不意到了破板門，卻遇上了溫柔與雷純，並聞得「金風細雨樓」和「六分半堂」已定出了勝負，頗感突兀。

他們兩人都不知道到底發生了什麼事，雷純沒有說，溫柔不敢說，剛才的事，只有她們兩人知道，那委屈也只有她們自己承受。唐寶牛和張炭把外衣讓兩個衣衫不整的女子披上，心上疑竇，嘴裡激憤，但卻礙不敢問。

乍聞雷損喪命的消息，雷純自是傷心，忽聽一名淨衣丐道：「雷損是自己跳入棺材炸死的，聽說蘇夢枕今天在天泉山『金風細雨樓』裡擺慶功宴，恐怕現在就要開筵了。」

雷純聽得心頭一震，立刻在紊亂中整理出一個頭緒來，轉首望天，只見一個臉無表情的高大乞丐，手腳關節都似軟綿綿似的，像給跌打郎中接駁過，並且接駁得並不高明，從語言和鬢髮，倒可以斷定是一個老人，很老很老的人。

卻聽張炭失聲道：「是不是你？」

那老丐道：「是我。」他說：「是淒涼王叫我跟你一道的。」

雷純小心翼翼的問：「你說蘇公子他們在『金風細雨樓』擺慶功宴？」

老丐道：「正是，妳想不想去？」

溫柔仍覺悲憤難抑，不知爲何雷純竟能忍得下來：「我要找大師兄，把那——人扯出來剁一千刀！」她一向罵慣了人，但因對那人心惡痛絕到了頂點，反而不知道用什麼言詞來罵他的好。

唐寶牛笑得嗤啦一聲：「好哇！我這就帶你們去。」老丐道：「這樣正好。」回首望雷純。

雷純赧然道：「也好。」

唐寶牛在赴天泉山的路上悶聲問張炭：「『凄涼王』到底是誰？你要再不說，我可跟你翻臉。」

「我也弄不清楚他的身份，只聞道上『不見天日，先見閻王，千里孤墳無處話凄涼』來形容他，但雖人在牢獄裡，但獲得厚待，聽說他的身分特殊，除非是天子親下處決令，否則，誰也治不了他的罪。」張炭給他問得沒法子，只好說了：「這人跟道上朋友很有往來，很鎭得住窯子裡的弟兄，不管在明在暗，都敬他三分，怕他七分。」

唐寶牛的興致可又來了：「有這樣的人物麼？我倒要見識見識。」

忽聽一聲冷哼，發自那淨衣老丐。唐寶牛又要尋釁，張炭忙道：「難道你又想鎖入籠子裡去嗎？別大言不慚！」

在赴「金風細雨樓」的路上，一向愛熱鬧的溫柔，卻一直守在雷純身邊，眼圈更紅紅的，卻又不敢上前，不敢走近，不敢相問。

俟到了天泉山，「金風細雨樓」的楊無邪走報還在綠樓裡的蘇夢枕：「溫姑娘回來了。」

王小石喜溢於色。原先他們早聽狄飛驚遣人來告：守護溫柔和雷純的林哥哥被人引走，調虎離山，其他侍候她們的人全遭毒斃，已失去雷、溫二人蹤影，蘇夢枕等人正在納悶誰敢在得意正春風的「金風細雨樓」上動腦筋之際，便聽到了溫柔回來的訊息。

蘇夢枕問：「只她一個人回來？」

楊無邪道：「還有雷小姐、唐寶牛、張炭，以及……」白愁飛聽得眉毛一剔。

蘇夢枕動容道：「雷小姐也來了嗎？」

楊無邪還是把話說下去：「還有一名城裡的淨衣丐。」

蘇夢枕一愕道：「淨衣丐？」

楊無邪道：「我已遣人去查他們的來歷了。不過，張炭在江湖黑白二道上，輩份頗高，剛有消息說他和唐寶牛被朱月明抓進了天牢裡，張炭依然能憑藉他的關係，逃了出來，看來，這淨衣丐正是與他同一道上的人。」

蘇夢枕微訝道：「朱月明動手了嗎？他把唐寶牛和張炭抓起來，這算什麼？」

楊無邪道：「以屬下的看法：朱月明是想在『金風細雨樓』與『六分半堂』力拚之際，引動『桃花社』和『七大寇』的弟兄入京，把局面越攪越亂，他可坐收漁人之利。」

王小石不禁問：「局面愈亂，他這個刑總豈不愈難混，有什麼利益可言呢？」

楊無邪一笑道：「利益可多著呢：第一，他可以藉此把朝廷急欲消滅的『桃花社』、『七大寇』人馬，一舉領功；第二，唐寶牛和張炭失蹤，足以使雷純和溫柔誤解交惡，讓『金風細雨樓』和『六分半堂』的仇隙更難以化解；第三，如果他受人所托，或有第三個潛伏的勢力，他此舉則是隔山觀虎鬥，點火燒山。」

王小石道：「第三勢力？你是說關七？」

楊無邪道：「關七的『迷天七聖』已被擊潰，不足以畏。」

蘇夢枕道：「我倒認為不可掉以輕心。」楊無邪心中一凜，即道：「是。」從來不輕視人是蘇夢枕最大的優點，楊無邪一向深謀遠慮，但在武功修為和處事用人上，他自知不能與蘇夢枕相比。

王小石道：「大哥要不要下去？」說這句話的時候，眼裡流露出關懷之色。

「綠樓」本是「金風細雨樓」頭領們寢臥之地，蘇夢枕在「六分半堂」把雷損逼得自殺身亡、縱控了大局之後，已感毒病齊發，若不是白愁飛和王小石匡護，當場就有可能不支。蘇夢枕這下回到綠樓頂層，秘密的經由樹大夫仔細診治過後，認爲毒氣已然上侵，縱壓得住病情的惡化，也制不住毒力的蔓延，或療得了毒，便鎮不住病，而且，若要醫治蘇夢枕一身的病，除非他立即卸下一切重任，閉門養病，以他本身精湛的內力，或還有五成生機，而如果要拔除毒性，則恐怕先要把左腿切除。

樹大夫十分憂慮，因而把情況直接向蘇夢枕說出來。

他知道蘇夢枕是一個堅強的人。

所說堅強的人，其實就等於說明了這個人曾接受過嚴重的煎熬與打擊，仍以過人的心志一一克服。

蘇夢枕也是一個成功的領袖。

成功的領袖是應該負得起重任的，也就是說，他所遇到的問題和克服問題的能力，都要比常人艱鉅和強韌。

所以蘇夢枕對自己的病情，知道得一清二楚。

蘇夢枕聽完了之後，只苦笑說：「你知道我最近為什麼要吸收這麼多新進好手的因由嗎？」

樹大夫說：「因為你要跟『六分半堂』決一死戰。」當然，這答案他有一半是故意猜錯的。他是很好的大夫，一個成功的醫者，必定讀了很多古籍，除了對病人的身體了解之外，也對病人的心情有所了解才行。

蘇夢枕是樓子裡的領袖，也曾有恩於他，所以樹大夫願為「金風細雨樓」效命，「六分半堂」千方百計，都挖不走這個人物。

——領袖的問話，你不須要次次猜對、答對，總要把道理讓對方說說，這才有意思，而且，這也不是什麼曲意阿諛，只不過是使賓主間相處得更愉悅而已。

「對了一半。我建立了『金風細雨樓』，希望能找到很好的繼承者，所以找才急於消滅『六分半堂』，因為我不願有一日我不在的時候，『金風細雨樓』被『六分半堂』併吞，也不希望我撒手之後，『金風細雨樓』欲振乏力、煙消雲散；」蘇夢枕搖首笑道：「一個創舉，有人接得下去才會有永遠的價值，否則成了古董，那就沒意思了。我不怕被超越，只怕沒有人想超越。」

樹大夫眼中流露出欽佩：「是。」

蘇夢枕笑說：「其實你也不必故意答錯，你和無邪，都是大智慧的人，可惜沒有開創、承接的魄力和手腕，以後還得借重你倆好好輔助接任的人。」

樹大夫道：「可是，你只需要好好歇一段時日，就可以……」

蘇夢枕笑道：「你看我在此時此際，可以休息麼？」

樹大夫道：「『六分半堂』已經完了啊！」

「『六分半堂』並沒有亡。」蘇夢枕更正道：「只不過是雷損個人敗北，我如果在此時一歇，便等於錯失了時機，『六分半堂』仍然足以成爲可怕的威脅，或有新的敵手藉此趁虛而入。我們最好未雨綢繆，不然也得要亡羊補牢，否則必追悔莫及。」

樹大夫堅持地道：「那你至少今晚也得要歇一歇……」

「我們擊敗了雷損，是大伙的功勞，今晚一定要開慶功宴；」蘇夢枕說：「假如我不出席，別人就會認爲我們也沒討著便宜，一直伺機而動的勢力，很可能便會乘機竄起了。很多人都以爲酬酢是最無用的，殊不知酬酢之用處可是大到看不見，摸不著的。」

樹大夫大聲道：「可是你今晚再要是不急治，這一條腿只怕就要保不住了。」

「不過，如果我沒有出席今晚在紅樓所設的筵宴，我們勝利的成果，也要難保了。」蘇夢枕哂然笑道：「這事他日再說，今晚，我是非下去主持大局不可的。」

「反正這麼多風險都冒過了，也不在乎再冒這一次險。」蘇夢枕一面要樹大夫扶下樓，一面譏誚地笑道：「大好頭顱，誰刀砍之？我倒要看看，到頭來誰的頭硬、誰的刀利？」

這當然也不像一個已經大獲全勝的人所說的話。

◇◇◇

王小石有這一問，是因爲他也精通醫理，看得出來，蘇夢枕是絕不該再強撐下去的了。

蘇夢枕只說：「除了刀南神今晚爲急令所召，仍要在京畿佈防之外，其他建功的弟兄全都會來，我怎能不去敬大家一杯？」

王小石道：「酒是可以慢慢再喝。」

蘇夢枕道：「酒還是要趁熱時喝。」

王小石道：「只要血仍是熱的，酒熱不熱又何妨？」

蘇夢枕道：「既然今天眾兄弟有熱血，咱們又怎能少了這一份熱心？」

王小石還待說話，白愁飛忽道：「大哥既然要去，就讓他去吧！反正他執意要去，誰也阻不了他。」

王小石道：「你的意思是……」

白愁飛淡淡地道：「人生裡，有些約會，是非去不可的。只不過，待一會兒，我們有個人，必須面對。」

王小石道：「你是說……雷姑娘？」

「我們逼死了她的父親，她居然還找上門來，這不是很說不過去嗎？」白愁飛道：「今天紅樓的筵宴，究竟是什麼人負責佈防？」

「莫北神，還有他的『無法無天』，」楊無邪滿懷信心的道：「有他的部隊在，『金風細雨樓』固若金湯、天衣無縫。」

這時候，就聽到莫北神遣人來報，方應看、龍八太爺、朱月明都派人送來了賀禮。

厚禮。

◇◇◇

他們都沒有來。

禮卻是送來了。

方應看的禮物是一座屏風。

——據說是當年七十二水道總瓢把子大天王的大寨裡那只雕著紅飛金龍玉屏風！

方應看送這座「地上天王」的屏風，用意甚爲昭明。

送禮來的人是一個玲瓏剔透的少年人。

朱月明送來的聽說是一個嬌艷可人的女子，還坐在轎子裡，直接進入大堂來。

這個禮物很可笑。

——大概朱月明是把自己所嗜當作了蘇夢枕所好了。

龍八太爺是當今權相的手邊紅人，他送的禮十分令人震動。

那是一副棺材。

這副棺材十分特別，做得跟「六分半堂」總堂主雷損的那一付，十分近似，只不過，雷損炸毀的那副，是漆黑的，這付則是白棺。

白木棺材。

龍八托人帶來的口訊也很扼要：

「你本來只有一座樓，現在，連雷損的棺材都是你的了。」

這句話的言下之意是：

天子腳下的八臂哪吒城，從現在開始，也是蘇夢枕的了。

◇◇◇

沒有人會送一付棺材作爲賀禮。

龍八能。

因爲蘇夢枕曾跟他半開玩笑的說過：「假使有一天我擊敗了雷損，你就把他的棺材送來，作爲賀禮吧！」

雷損的棺材已隨同他的身體一般，炸毀了。

於是龍八送了一副嶄新的棺材來。

六十二 一切平安

筵席。

筵宴裡賓客不算太多，卻都不凡。

他們都是京城裡，各路「說得了話」的好漢，也有來自各地幫派駭世京城的代表人物，他們有的原是支持「六分半堂」的，有的本是支持「金風細雨樓」的，今晚都齊聚這裡，等候一個新的局面。

一百六十幾人，有的武功出眾，有的精於謀略，有的會做生意，有的擅搞組織，但他們都有一個共同的特長：在江湖風浪裡闖慣了，懂得怎麼乘風轉舵。

——局面怎樣變，他們就怎樣轉向。

這種人不足以成大事，可是，要定大局，卻又不能缺少這種人。本來天下各路明暗乾濕正偏生意，「六分半堂」抽三成半，而今，「金風細雨樓」獨步天下，兩日之內，把京城裡足以與之對壘的勢力：「六分半堂」與「迷天七聖」，遭蘇夢枕控制或擊潰，「金風細雨樓」的地位，已達到了前所未有、無與倫比的地步。正因爲大多數的人都是這種人，一方面明哲保身，一方伺機而動，誰也不明白當真正變局來臨的時候，他們會站在哪一方。不過，而今「金風細雨樓」強盛無比，他們都到場祝賀恭喜，在這種重要場面裡，他們自然不肯無故缺席，更懂得及時表態。

蘇夢枕步入紅樓「跨海飛天」堂的時候，這一干江湖豪傑，盡皆站了起來。能夠得到這些來自四面八方來的各路領袖的尊崇、甚或是敬畏，就算只是一種僞飾，也足以自豪，饒是蘇夢枕見多識博，也不免有一點自滿的感動。

楊無邪正在主持大局。

蘇夢枕走過來的時候，左邊是白愁飛，右邊是王小石。

莫北神負責今晚「金風細雨樓」的戍防，他一見蘇夢枕出現於長廊，已趨近說了一句：

「踏雪無痕。」

——這句話的意思就是：一切平安。

蘇夢枕點了點頭。其實他此際正感覺到心血翻湧，只要真氣一洩，很可能就會吐血不止。他強忍著，強自振作；在兩旁的王小石與白愁飛互覷一眼，眼裡已有耽憂之色。

狄飛驚沒有來。

現下「六分半堂」正當大亂之際，他要坐鎮「六分半總堂」，以安人心。

況且，要收服那一千只效忠雷損的精英，絕對不是件容易的事，萬一搞個不好，還會賠掉性命。

對這種事，蘇夢枕懂得退身一旁，讓別人來解決他們自己的「家事」。

趙鐵冷卻來了。

他當然就是薛西神。今天京城裡發生的事，城裡負責戍防大員早有警惕，急召刀南神回宮鎮守，故不能列席。

薛西神卻帶了兩個人來。

一個是周角。

一個是雷嬌。

他們是代表狄飛驚來此的。

——非常明顯，「六分半堂」派這兩名大將來，就像是弱國向強邦派節使求封賜的用意近似。

這不僅是示弱。

簡直就是投降。

不過蘇夢枕也注意到：來的只是周角和雷嬌。

周角和雷嬌只是「六分半堂」的第七和第十四把交椅的人馬。

除了已經喪命在郭東神之手的雷恨之外，排行第三和第四的雷動天和雷媚都沒有來。

這也就是說：狄飛驚顯然還未能控制全局。

雷嬌一見蘇夢枕出現，即朗聲道：「我們代表『六分半堂』和狄大堂主，恭賀『金風細雨樓』和蘇公子，一統黑白兩道，昌大武林聲威。」

投降的人如果要苟全，一定要盡快表示自己死盡忠心、痛改前非。

放棄抵抗的人不能有尊嚴，只可以委曲求全。

——有時候，甚至委屈了也不能求全。

——當你把刀柄授於人手的時候，是不是能全軀，這決定乃在別人的一念之間，絕不是由自己來掌握的。

這叫做生不如死。

但卻有人寧可這樣活著。

所以雷嬌搶著說話，其實是忙著表態。

她這一開口，方應看派來的少年人也說話了：「方公子遣在下來恭賀公子，前程錦繡，福壽安康。」

蘇夢枕見那少年長得十分俊俏，眉宇間有一股清奇至極的嫵媚，在眾多英雄豪傑裡，仍可一眼瞧出他來；正要回話，但群雄已七嘴八舌，紛紛恭賀了起來。一時賀詞如排山倒海、紛至沓來，蘇夢枕也應接不暇。

白愁飛在此時向王小石道：「你覺得怎樣？」

王小石道：「很替大哥高興。」

「他當日是見龍在田，今天是飛龍在天。但龍還是龍，事實上他本來就是。」白愁飛道：「他是英雄，可是沒有我們這些豪傑爲他開荊闢棘，恐怕他今天仍然潛龍勿用，所以，當人豪傑，不如自己當英雄。」

王小石不甚同意：「人生在世，各有位分，各有機緣，何必強求？人人都去當英雄，世上能容幾個英雄？不錯，豪傑爲英雄賣命，但世間好漢、死士，也爲豪傑效力，這樣大家才能有所作爲。說到頭來，我們誰都不是英雄，只是我們在人生裡有的執著，有所選擇，所以才顯得特別淒厲一些而已。在時局大勢裡，起落浮沉，沖激成浪，或幻化爲泡沫，有誰能作得了主？」

他笑笑又道：「曹操煮酒論英雄，說過：『夫英雄者，胸懷大志，腹有良謀，有包藏宇宙之機，吞吐天地之志。』人多以爲英雄強勇霸道，其實唯大英雄能屈能伸，有謀有勇，而且高瞻遠矚、善機變應對，自有天機，自得妙趣，行事如神龍見首，一無定跡，思慮如行雲流水，一無滯礙，但都自有逼人光彩，懂得順時應世，伺機出擊，成者天風海雨，波瀾壯闊，敗亦扶風帶雨，顧盼生姿，這才是英雄。」

「或者，你是，我不是，」王小石笑著說：「所以我不當英雄，我只願能助真英雄者成英雄，識英雄者重英雄。」

白愁飛瞪了他半晌，才道：「能看透世間事，是智慧；能看透自己，是哲人。你看得清楚而又出得入得，是個了不起的人。但人生在世，爲啥要看得那麼透？看得那麼遠？功名富貴，縱是白雲蒼狗，只要人生來這麼一遭，便當應該抓住浮華，不讓它溜走。爲啥有的人一生下來就大富大貴，簇擁聚呼？爲何你我卻只是凡人一個，呱呱的來，默默的活，匆匆的去？總要做出一點事來，才不負大志，不枉這一生。」

王小石慌忙道：「懷有壯志，是件好事，不過這絲毫勉強不得，著急不得，否則，恐怕爲福者少，爲禍者大。」

白愁飛昂然負手，道：「管它爲福爲禍，人要自己快活便好！」

王小石小心翼翼地道：「那跟惡霸暴徒，又有何區分？」

白愁飛即道：「其實又有何分別？梟雄飛揚一生，英雄亦是這般一輩子；平凡人庸庸碌碌的過，大奸大惡之徒不也一樣的活？多少人一任自身好惡，憑權仗勢，縱恣一生，到頭來不也壽終正寢？雖說善惡到頭終有報，但誰看見報過了？」

王小石被白愁飛的神情嚇了一跳，只說：「既是人生百年，匆匆便過，何必步步爲營，處處爭鋒？自由自在，五湖四海，心自逍遙，不也快活？」

「大丈夫不可一日無權，拿得到的才算是快活，失去了便是悲哀，成王敗寇，你看雷損的下場如何？」白愁飛憬然道：「便是因爲萬事雲煙忽過，率性而爲，有何不可？千秋功過誰論斷？人都死了，管它流芳，還是遺臭！」

王小石抗聲道：「既然百年一瞬，何不做些有意義的事情，足可無枉此生，亦不負大志？」

白愁飛冷然道：「就是因爲如此，人生一世，要做些足以稱快之事，才能在有限的生命裡享有最大的快樂。」

王小石明白他的「快事」，與他心中的看法不一。每個人都有不同的看法，王小石本也不想影響白愁飛，可是他不由得憂慮起來：「不過……」正待說下去，就瞥見了唐寶牛、張炭、溫柔、雷純和一名老丐走了進來。

王小石一見她們，就很高興的走了過去，說：「你們來了，大家都爲你們捏一把汗。」

溫柔眼圈一紅，正待說話，忽聽張炭嘆了一口氣道：「你們這算是慶功宴？」

王小石一愣，不知如何回答，張炭又道：「你們打勝了，開的是慶功宴，他們打敗的，不知開什麼宴？」

雷純的嘴角忽然有一絲笑意。這笑意的美麗，令人感到震怖。笑意和震怖本就是兩無相干的事，何況是那麼美好的笑意，但就如摘花一樣，摘花的人是存情懷的，花朵是美麗的，但摘花的手跟美麗的花朵配在一起，就成了一種美麗的摧殘。

或許雷純的笑意裡正透露著這種訊息。那件事過後，雷純彷彿全身流露這股殘酷的美，美得分外殘酷。

蘇夢枕這時正說：「……可是，在這大喜慶的場合裡，送這玩意來，不大煞風景了些麼嗎？」他微笑著往棺材走去，眾人爲他讓出條路來。

莫北神即道：「但這棺木是八太爺送的。」

「我明白他的意思，」蘇夢枕用手指撫娑著透雕棺材，俯視著棺板上的彩繪漆案和混金銀加工繪飾的雲龍鳳翔圖：「雷損敗亡，他的權力地位，也就是我的了，要是我敗了，我也需要一口棺材，八太爺送這口棺材來，實在很夠意思。」

他很少笑，可是此際卻得保持著一個森寒的笑容，轉向那扇屏風，說：「方侯爺送的屏風，也很有意思，俗語說，大樹好遮蔭，以此爲屏，可以無憂，萬一教人失望，也可以遮遮羞。」至於對那個朱月明送來的轎子，卻只淡淡望上一眼，什麼話都沒有說。

眾人知道蘇夢枕在開玩笑，都笑開了。忽見一人匆匆而入，正是楊無邪。

楊無邪是個從來都不匆忙的人。

如今他這般惶急，必然是發生了重大事故。

「雷動天率領五堂子弟，殺入『金風細雨樓』來！」

◇◇◇

眾皆動容。

「六分半堂」共有十三堂子弟，而今已有五堂徒眾掠撲過來，顯然局面並不受狄飛驚控制。

——雷動天是「六分半堂」裡，除了雷損和狄飛驚之外，最棘手的人物。

——雷動天是雷損的死士。

——雷動天果然不服膺狄飛驚的指令。

蘇夢枕神色不變，只道：「他來得好。不知道他過不過得了『無法無天』？」

楊無邪趨近一步，低聲道：「他來得太快了，顏鶴髮、朱小腰他們恐敵不住……」

忽聽樓前一陣騷動，喊殺聲四起，有人叫道：「雷動天來了。」聲音戛然而止，「砰」地一聲，一人飛掠進來，那是條精悍瘦漢，渾身浴血，但精銳如一把新出鞘的鋼刀。

堂上有百數十人，而且都是各路雄豪，但這瘦漢昂然而入，似乎毫不把這些人放在眼裡

他身上受了七、八處傷，還流著血，可是看他的神態，彷彿這傷是別人的、血也是別人的，與他全無瓜葛一般。

他的眼神很冷靜。

人也很定。

但這樣看去，卻覺得他很憤怒，強烈的怒忿使他反而鎮靜了下來，深仇大恨，是要用血洗的，血海深仇，是要用生命換取的，憤恨反而成了甚不重要、極之微末的事。

眾人又浪分濤裂似的分開一條路，讓蘇夢枕和他直接面對。

蘇夢枕說：「很好，你……」他卻不去看雷動天，目光搜尋，瞥見了雷純，和注意到留在她嘴邊一絲美麗殘酷的笑意，他愣了一愣，突然大喝一聲。

刀光出，自他袖中乍現。

突如一個艷遇。

棺裂爲二。
血光暴現。
棺內的人悶哼一聲。
人也被斬爲二。

◇◇◇

棺裡的人是師無愧。

◇◇◇

雷純失聲驚呼。

六十三 刀一在手人便狂

棺裡的人是師無愧，連雷純也感到震愕。

她絕沒有想到蘇夢枕會警覺得那麼快。

她更沒料到棺裡的人竟不是自己的父親！

蘇夢枕的眼卻紅了，一向穩定的手，也震顫起來，他的人也變得搖搖欲墜，但出手仍快如電。

他解開了師無愧被封的穴道。

師無愧的下身已被砍去。

他憋住了一口氣，說了一句：「不關你事，爲我報仇……」

就在這時候，屏風裂開，一人飛射而出，全場都似驟然黯了下來。

這人右手急扣蘇夢枕背後七處要穴，他的手指伸縮吞吐，蘇夢枕霍然回身，刀光如雪花飛起，那人一伸手，就扣住蘇夢枕的紅袖刀，那隻扣刀的手，只剩下一隻中指、一隻拇指，拇指上還戴著一只碧眼綠麗的翡翠戒指！

天下沒有人能一出手就扣得住蘇夢枕的刀。

（但這隻手是例外。）

誰的手挨上他的刀，縱不斷臂也得斷指。

（但這隻手只有兩隻手指。）

這隻剩下兩隻手指的手，無疑要比五指齊全都可怕，更難以對付。

那人一招扣住了刀，迎著蘇夢枕，暴雷似的大喝一聲：

「臨兵鬥者皆陣裂在前！」

蘇夢枕猶似被迎臉擊中一拳。

這一聲斷喝，猶如一道符咒，一針扎進了他的心窩，把他所有的隱疾，都引發了出來。

◇◇◇

蘇夢枕立即棄刀。有的刀客，刀在人在，刀亡人亡。蘇夢枕卻不是。刀是刀。

沒有了性命，刀又有何用？

——一刀砍落，對是對，錯是錯。

——一刀砍下去，不過是美麗的頭顱！

可惜他砍錯了。

（他砍殺了自己的兄弟。）

（他錯以爲敵人匿伏在棺中！）

這一個打擊，比重傷還使他心亂。

雷損的驚現，他並不驚愕，但雷損的斷指所發揮的功效，卻足以令他心驚。

他棄刀，並急退。

他只求緩得一口氣。

（緩得一口氣就可以作出反擊。）

他背後有人。

薛西神。

薛西神立即如一個鐵甲武士，就要迎擊雷損，但莫北神倏地一反手，黑桐油傘尖彈出利刃，沒入薛西神背脊的命門穴裡，那是薛西神「鐵布衫」的唯一罩門。

蘇夢枕是一個從不懷疑自己兄弟的人。

所以他能先雷損而爭取到王小石和白愁飛，這是「金風細雨樓」在近日激烈的鬥爭中獲取上風的主因之一。

但任何人都難免會犯上錯誤。

蘇夢枕也不例外。

他把親信手下薛西神安排在敵方陣營裡，對手一樣把心腹派到「金風細雨樓」臥底。那一次在苦水鋪，雖然格殺了古董和花無錯，但更重要的「內奸」，並沒有被掀出來。

他就是莫北神。

莫北神一招得手，那送屏風來的少年人也動了手。

他的手一抖，拔出了劍。

劍仍在他腰畔，他掌中卻無劍。

——明明是沒有劍，可是他的手一揮，刺出七八式劍招，把前來搶救的楊無邪逼退。

楊無邪額前的髮全部散披，狀甚狼狽，怒叱道：「雷媚……」

那少年發出一陣清如銀鈴的脆笑，大堂上至少有一半的「來賓」相繼發動，拔出兵器，剩下的亂作一團，不知道該幫哪一邊是好。

楊無邪一眼就看得出來：這大堂上的人，至少有一半是雷媚帶來的高手，他們只聽命於雷媚，而負責守衛「金風細雨樓」的「無法無天」部隊，也正倒戈相向。

他現在看出來了。

他痛悔剛才居然沒有發覺這危機潛伏。

——事實上，許多危機的可怕就是在潛伏的時候難以察覺，一旦發生，已無可補救。

楊無邪一面發出緊急號令，召集風雨樓的高手來援，一面盡力營救蘇夢枕。

楊無邪一連八次搶攻，都被對方的「劍氣」逼回，這種「無劍之劍」，除了「無劍神劍手」雷媚，天下還有誰？

——雷媚來了！

——雷媚還與莫北神聯上了手！

楊無邪連中三劍，血流如注，他只剩下兩個寄望：

（王小石和白愁飛，這兩個新加入「金風細雨樓」的強助！）

（還有轎子裡的人，這位多年來一直暗中匡助「金風細雨樓」的人！）

◇◇◇

王小石和白愁飛本來正與溫柔和雷純談話，大變就猝然發生！

王小石立即回援。

背後急風陡至，那氣勢有如排山倒海。

王小石曾經感受過一次那種壓力。

他絕不敢怠慢的壓力。

那是雷動天的「五雷天心」！

五雷一出，天崩地裂。

王小石刀劍齊出，往雷心刺去。

——他堅信：「敢於應戰的，不死於戰爭。」

他希望憑自己敵住雷動天，而由白愁飛去救蘇夢枕。

可是他又馬上發現了一件事。

白愁飛似乎並沒有出手之意。

一點都沒有。

他只是凝神聚精，盯住場中一樣事物：

那頂轎子！

聽說裡面有朱月明送來的一名美女的轎子！

（難道白愁飛也是敵方的人？所以他才不出手相助？還是他發現了轎子裡有更可怕的敵人，才保持實力、蓄勢以待？）

王小石一面苦鬥雷動天，一面困思著。

由於他心念場中變故，未能專心應敵，所以很快的便落了下風。

就在這時候，「砰！」的一聲，轎子裂開，掠出一位古服高冠、神容清瞿的老人，長空一閃，已到了雷損身前。

這人的目的，顯然是要讓蘇夢枕緩一口氣，要敵住雷損的攻勢。

以這人的身手，絕對不在雷動天之下，雷損要以「快慢九字訣」取下他，只怕也非要在一百回合後不可。

所以雷損拔出了他的刀。

刀一在手人便狂。

蘇夢枕已退到王小石處身之地，唐寶牛和張炭乍逢奇變，兩人都要動手，唐寶牛忽一楞，道：「我是『金風細雨樓』的人，我幫溫柔。」張炭苦笑道：「我是雷純的朋友，我幫『六分半堂』。」唐寶牛搔搔頭皮道：「難道……我要跟你們打起來嗎？」張炭嘆道：「不然又如何！」

忽然，他們兩人背後的穴道都已受制。

出手的人是那老乞丐。

老丐突然往臉上一抹，登時現出了他那忍怒含忿的神情，雷純一驚叫道：

「『後會有期』！」

她叫出這四個字的時候，別人完全聽不見。

因爲「後會有期」已大吼一聲：

「一言爲定！」

他如大鵬一般撲了過去，那古衣高冠的老人神容一震，現出了絕望的表情。

他迎擊而起，如鶴舞中天，兩人半空交手，落地時已抱在一起，「一言爲定」五官溢血，染紅了花白的鬍子，「後會有期」卻臉呈死灰，渾身的骨節似都碎了，整個軀體的骨骼似完全拆散了開來。

只聽雷損怒聲叫道：「我叫你不要來！『六分半堂』還要你來主持大局……」

「後會有期」凄笑著，一邊笑，一邊嘴角一邊淌著血，向「一言爲定」道：「沒什麼的，『六分半堂』有這樣的大事，怎能缺了我！我著了你的『舞鶴神指』，生不如死，不是躲在棺材裡運功相抗，就得在不見天日的牢獄渡日，我跟你是不死不休的！」

「一言爲定」大口大口的喘著氣、勉力道：「沒想到……你著了我的『藕粉』，還能聚此全力一擊，『兵解神功』，果然高明！」

「後會有期」也道：「……既然是死，我就是知道你今晚一定會來，果然給我等到了，咱們就一齊死……」

「一言爲定」臉容已因痛楚而扭曲：「咱們鬥了數十年，結果……還不是一起……」聲音已愈漸微弱。

「一言爲定」沒有及時攔阻雷損。

雷損已趁這一輪急攻要立殺蘇夢枕。

蘇夢枕的病毒和腿傷已全被引發，手上已無刀，王小石又爲雷動天所困，楊無邪仍逃不過雷媚的劍網。

就在此際，白影一閃。

白愁飛出手了。

◇◇◇

他攻向雷損。

王小石幾乎喜得叫出了聲。

精神一來，雷動天的雷勁便制他不住了，連蘇夢枕也神威抖擻起來。

可是白愁飛也沒有成功地解蘇夢枕之危。

因爲雷媚的「劍」，已向他「攻」了過來。

——這「無劍」之「劍」，無疑要比真刀真劍還要凶險，更加難以應付。

同時間，雷嬌已敵住楊無邪。

◇◇◇

雷損的進攻更加瘋狂了。

他手上的刀，本來就是魔刀。

這十幾年來，他絕少用刀，便是因爲刀一出手，人就狂亂，功力倍增，但所作所爲，連自己也難以控制。

但他今天一定要殺蘇夢枕。

——他的一切犧牲，一切忍辱，都是爲求在「死裡求生、敗中求勝」，在極度劣勢下作出起死回生的反擊。

——他要狄飛驚假裝向蘇夢枕投靠，讓蘇夢枕親眼見他兵敗人亡，在勝利中掉以輕心，他便在「金風細雨樓」的慶功宴上，發動一切佈在敵方的兵力，一舉殲滅「金風細雨樓」！

——尤其格殺蘇夢枕！

這就是爲什麼雷純一聽是狄飛驚出賣老父，而在傳言中雷損是死在那口棺材裡，雷純便立即明白：狄飛驚並沒有背叛自己父親，雷損也並沒有死，「金風細雨樓」危甚矣！

因爲雷損的棺材，便是他的退路，也是他的活路！棺材底下，即是隧道，這也就是雷損把跟蘇夢枕決戰的地點從不動瀑布而改總堂的主因，雷損不想炸死他自己和狄飛驚，炸力便不可以太猛烈！

這秘密當然只有狄飛驚和雷純知道。

雷損卻要求狄飛驚不要來。

他不許狄飛驚參與此役。

他也不通知「後會有期」。

——那是因爲他怕萬一失手，「六分半堂」的狄飛驚和「後會有期」尚在，「六分半堂」還可以暫時抵抗「金風細雨樓」的侵蝕。

——他一向懂得如何爲自己準備後路，也曉得爲他自己所寵愛的人留後著。

——他這樣信重狄飛驚，狄飛驚當然不會背叛他。

（可是狄飛驚卻揹上了叛逆之名。）

（這在狄飛驚心中，絕不好受，而且，要比戰死來得不痛快、不榮譽太多太多了。）

——雷損一向謹慎，他怕蘇夢枕及時發覺，先下毒手，於是暗中使莫北神擒下師無愧，置於棺中，暗自潛身入龍八和方應看的禮物裡，然後適時發動了空襲！

——這次他把親信的雷動天和雷媚也帶了出來。

（雖然他事先不知道「後會有期」也暗中轉折地透過唐寶牛與溫柔，混進了風雨樓，而蘇夢枕也爲安全起見，請動了「一言爲定」，把轎裡的「美女」掉了包。）

——這一戰已不能敗！

——不能再敗！

◇◇◇◇◇◇

雷損招招都是殺著！

刀刀都是搶攻。

——只要再一刀，再一刀就能殺掉蘇夢枕……

——殺掉蘇夢枕，這個頭號大敵，只要他在，「六分半堂」就不能卵存，永無寧日……

他急於要殺蘇夢枕。

因爲這是殺死蘇夢枕的良機。

良機稍縱即逝。

所以他造成了別人殺他的良機。

雷媚忽地拔出一把「劍」，突然刺入了雷損的背門。

——要不是雷媚，誰可以貼近雷損背後而不使他防患？

——何況雷媚手中的木劍，比任何利劍更銳利、而且出劍不帶銳風！

雷損中劍，突往前一衝，臉上出現了一種悲酸的神情，可是他手中的刀，並沒有停下來，而且正發威力最大的一招。

蘇夢枕手上無刀。

他接不下這一刀。

但溫柔剛好就在他身邊。

他趁雷損因驟覺背後中劍的一震間，已閃電般奪過了溫柔手中的「星星刀」，迎著「不應刀」一架。

沒有聲響。

只有星火。

兩把刀一齊碎裂。

雷損的攻勢崩潰了。蘇夢枕也搗著心，皺著眉，一條腿已形同廢去，顏鶴髮及時扶持著他。

雷損倚著柱子，他胸襟的血漬正在迅速擴散開來，雷純過來扶他，叫道：「爹……」

他向雷媚吃力地道：「我一向待妳不薄？」

雷媚居然點頭，誠摯的說：「是。」

雷損慘然道：「妳爲什麼要這樣做？」

「因爲你奪去我爹的一切，又奪走了我的一切，我原是『六分半堂』的繼承人，現在只做了你見不得光的情婦，你待我再好也補償不了，從你拿了原屬於我的一切後，我便立誓要對付你了。」雷媚說，她原是上任「六分半堂」總堂主雷震雷的女兒：「何況，我一早已加入『金風細雨樓』，我就是郭東神。」

「好個郭東神！」雷損痛苦地用手抓住胸襟：「不過，妳終究還是『六分半堂』的人，我畢竟並沒有死在他人之手。我只奇怪一件事……」

郭東神道：「什麼事？」

雷損道：「妳好好的雷字不姓，卻去姓郭？妳好好的『六分半堂』不跟，卻去跟蘇夢枕？」

「那時我還沒長大，你沒看得上我，便對我下了決殺令，要不是天牢裡的郭九誠收留我，我早已在黃泉路上喝飽吃醉了。我姓郭便是這個緣故。」郭東神道：「人說雷損身邊的三個女子，都很忠於他，但你先逼走了大夫人，也對不起過我，你只剩下你的女兒……如果你不是發兵得太突然，我早就通知蘇公子加以防範了。」

「不過，」雷損忽向蘇夢枕道：「我還是敗了。」

蘇夢枕慘笑道：「我也勝得很艱苦。」

雷損道：「我是敗者，我求你一件事。」

蘇夢枕道：「你說。」

雷損撫挲著雷純的秀髮，道：「不要殺我女兒。」

蘇夢枕點頭。

雷損道：「你答應了？」

蘇夢枕道：「我答應你。」

雷損吁了一口氣：「那我就放心了。這幾年來，與你這樣的人為敵，是一種愉快的感覺。我想，不管你死還是我死，都會很不捨得對方。你說是不是？」

蘇夢枕點頭道：「是的。沒有你，將會是件很寂寞的事。那次你跳入棺裡立刻就死了，我總是覺得很不真實，所以一直警惕著，但還是大意疏失，差些兒就被你摺倒了。」

「你還是沒有倒，」雷損道：「不過，你有新的好對手了。」

「你是說狄飛驚？」

「除了他，還有誰？」

「他根本沒背棄你？」

「他怎會背叛我？」

「果如我所料，」蘇夢枕淡淡地道：「我本來就沒準備讓他活著。」

「你……」

「如果他沒背叛你，就會對付我；如果他背叛了你，有一天也會背叛我的，因爲他不像雷媚一樣，有報仇雪恨的理由。」蘇夢枕道：「所以，我不會留著這個人的！」

雷損一陣急喘，忽對雷純道：「純兒……」他叫這聲的時候，洋溢著濃烈的父性，嘴裡溢出血來，眼裡也泛著淚光。

雷純悲聲道：「爹！」

「如果妳不替我報仇，遠走高飛去，我不恨妳……」雷損喘息著道：「假如妳要替爹爹報仇……」

忽湊近雷純耳邊，說了幾句話，聲音壓得很低，雷純聽著，流著淚，忘了揩拭，只點著頭，忽覺沒了聲息，雷損的頭已垂壓在她肩上，一點力量也無，雷純推了推，叫：「爹！」又推了推，不信地喚：「爹！」然後再推了推，發覺雷損已沒了呼吸，全身都僵硬了，第三聲「爹」，就在喉頭裡，沒叫得出來。

雷損一死，場裡的「六分半堂」子弟，全失去了鬥志，只求速退，雷動天大吼道：「走！」誰也不知他是神威陡發，獨自斷後，還是雷損死了，他便也不打算活了。

蘇夢枕見雷損死了，心中一寬，也不知怎的，彷彿心裡一下子被抽空了，人也失去了氣力，體內的惡疾，忽又翻湧上來，心頭一陣悲涼，他勉力不去想事情，振聲叫道：「給我留下莫北神，其他的人，放他們走……」

忽覺眼前一黑，咕咚一聲栽倒，幸而顏鶴髮、朱小腰二人，一左一右攙扶住。

雷動天則仍死守退路，只讓「六分半堂」的人過去，不許「金風細雨樓」的人追襲，他身上又多了七、八道血痕，但仍凜然不退。莫北神遭受到「金風細雨樓」

楊無邪等全力圍攻，受傷不輕，退至雷動天身旁：「總堂主死了！」他大叫道：「我們走！」

「你走！」雷動天仍在苦戰：「我不走！」

「我們還有狄大堂主！」莫北神狼狽地道：「我們還有另一場戰爭！」

「雷總堂主死了，我活來幹啥？」雷動天以一人力拒王小石與白愁飛的合擊，已險象萬生、岌岌可危，可是他還是揚聲叱道：：「你走吧！」

六十四　縫衣的漢子繼續縫衣

在離「金風細雨樓」十數里之外的苦水舖，有一個瀟灑出塵的青年，負手望向風雨樓的天際，月漸西沉，他臉上的神情，卻是越來越孤漠。

他身旁有兩個人。

一個是雷滾。

一個是林哥哥。

他們都不敢驚擾他，他已站在那兒很久了，很久很久了，臉上悲哀的神情，也隨著時間越來越濃。夜色愈濃，曉色愈近，他的愁色就越深切。

◇◇◇

在這苦水舖的廢墟一角，有兩個年輕人，一個是眉清目俊的白衣書生，居然在此驛旅間，面對明月清風吟哦不已，既多愁善感，又悠然自得；另一名薄唇細目，身子也十分瘦削單薄，卻在縫著衣服，一面微微笑著。看來，這兩名年輕人是相識的。

他們也沒有去理會在破垣前的那三個人。

◇◇◇

「上香！」

狄飛驚下令。

已經接近寅初時分了，狄飛驚已經知道他的等待，是毫無結果的了，僅剩下的一線希望，也如落月般下沉，而且即將消盡溟溟的蒼穹裡。

林哥哥和雷滾早已備好香案。

林哥哥點燃了一束檀香，遞給雷滾。

雷滾一皺眉，恭恭敬敬的雙手奉給狄飛驚。殘墟裡一時煙霧瀰漫。

狄飛驚奉著香，拜了三拜，跪了下來，向天稟道：「總堂主，你不讓我跟你一道去攻打『金風細雨樓』，我是明白你的心意的，現在已過了丑時，還不見你的旗花訊號，我把『六分半堂』重兵留在破板門，駐守不動瀑布，不會胡亂出襲的，你放心吧……」

說到這裡，停了半晌，聲音有些哽咽，只聽他又道：「你說過，今晚的突襲，不成功，便成仁，我本來只是『六分半堂』關大姊部下的一名小將，全仗您的培育，才致有今日……這次你帶雷二哥孤身犯險，我不能相隨左右，我……」

好一會，他才能接下去：「你在天……要安心，我一定會忍辱負重，伺機再起，重振『六分半堂』，摧毀『金風細雨樓』，給您報仇的！」

他徐徐站起，正要把香插到爐上，驀地，身子一陣搖晃，忙用手扶著牆邊，悶哼一聲，目光還是非常銳利而好看，迅速地向林哥哥和雷滾掃了一眼。

「你們！？」

林哥哥與雷滾也不過來攙扶，一個點了點頭，一個卻說：「這是『一言爲定』從『詭麗八尺門』學來而加以新配製的『藕粉』，此外當然還有『迷魂煙』。」

「很好。」狄飛驚的眼中充滿了一種認命的悲哀，他向林哥哥道：「是你幹的，我不奇怪，你畢竟是個外姓人……」

他轉過去，用一種悲涼而不屑的眼神盯著雷滾：「你是雷家的子弟，大家都厚待你，你這樣做，我很失望。」

雷滾也不知怎的，明知對方已不能動彈，他心裡頭還是有點發毛，不由自主的退了一步，道：「你不是雷家子弟，總堂主待你不是更好！」

狄飛驚一笑，笑意裡有幾許凄涼孤寂：「你說對了！我狄飛驚今天居然落到你手上，我是辜負了總堂主的厚望，他的確是不該待我這麼好的！」

「是你先背叛總堂主，對蘇公子也立意不誠。」雷滾肯定狄飛驚已失去抵抗能力，而自己也先服下解藥，不怕迷煙，便壯著膽子，叱道：「你這種人，怎不該死？」

「我是『六分半堂』的人，幹啥要對蘇夢枕意誠？」狄飛驚譏誚地道：「假使你是爲了我背叛總堂主而殺我，我現在還是要整頓『六分半堂』，與『金風細雨樓』鬥下去，你什麼理由殺我？要是爲了蘇夢枕，那你便是『六分半堂』的叛徒，你一生盡受『六分半堂』的恩，卻在生死關頭，倒戈相向，你還有面子站在這兒說話！？」

雷滾怒極，想要過去給狄飛驚幾記耳光，可是又有點投鼠忌器。

「你還口硬……」他發狠地解開腰上纏著的水火雙流星，怒道：「我殺了你！」

在一旁的林哥哥忽對狄飛驚道：「蘇公子知道你不會對他忠心效命的，所以在今晚慶功宴前，已下令我們殺了你。」他頓了頓，補充道：「你是人才，他不能用你，只有殺了；他不想拿下你，因爲，他怕見到你，便不忍心下手。」

狄飛驚笑了：「所以你們便就地處決？」

林哥哥沉聲道：「你把部屬留在不動瀑布和破板門，人卻到苦水鋪來行險守望，實在是不智之舉。」

狄飛驚點點頭道：「你說的對，我以爲萬一總堂主發出火箭號令，我可以立刻趕到……沒想到卻讓你們有可乘之機。」

林哥哥道：「雷五哥曾被薛西神和白愁飛制伏過，他知道『六分半堂』已垮定了，所以轉而向我們投誠。」

狄飛驚寧定地望著他，道：「你呢？」

林哥哥拔出匕首，道：「我早已是『金風細雨樓』的人了。」

狄飛驚長吸了一口氣，但見他四肢發軟，功力似一時無法恢復，嘆道：「難怪你私下放了雷純和溫柔，還毒死了看守的兄弟。」

林哥哥一震道：「你猜的對，不過下毒的不是我！」

「可惜對得太遲了！」狄飛驚一手扶住殘垣，吃力地伸出了手，艱苦地道：「你把匕首給我，我自己了斷。」

林哥哥一陣猶豫。

「在『六分半堂』，我待你一向不薄！」狄飛驚道：「這是我臨死前，最後一個要求，也是我唯一的一個要求。」

雷滾吼道：「讓我殺了他……」揮舞雙流星，便要擊出。

「不。」林哥哥動容地遞出了匕首，制止道：「讓他自刎吧！」

忽聽一個聲音道：「你說，自殺好還是被人殺好？」

另外一個聲音說：「兩樣都不好。」

第一個清朗文雅的語言道：「都不好？」

第二個冷冷沉沉的語音說：「我看殺人最好。」

林哥哥瞳孔收縮。

他明白有人要插手這件事。

——他們仍選擇在此處殺掉狄飛驚，好處是不愁狄飛驚的手下來救，但壞處也一樣：萬一他們失利，也無人來援。

雷滾已按捺不住。

他率先發動。

林哥哥當然也不阻止他發動。

——他也要看一看來人的身手如何？

（何況，他自己最是清楚，以武功論，他還遠的不如雷滾呢！）

雷滾的「水火雙流星」，水流星急打那白衣書生。

白衣書生身形一閃，瀟灑俐落，那流星鎚便落了空。

狄飛驚驚道：「好個『白駒過隙』身法！」卻見雷滾原先似攻向那縫衣服的人的火流星，突如奇來的一折，又攻向那白衣書生！

只聽白衣書生大叫一聲：「我的媽呀！可真要殺人不成？」手中扇子，突然展開，一開一闔間，已夾住了流星鎚。

這次倒是林哥哥失聲叫道：「『晴方好』！一扇日月晴方好！」

一面叫著，手上匕首炸出寒芒。

雷滾的火流星雖被扣住，但水流星又兜了回來，他居然不攻白衣書生，轉而飛擊那縫衣服的漢子。

這一方面是他勇悍之處，另一方面，他這也是攻魏救趙，假如這縫衣漢子不會武功，那白衣書生就得先來救他，要救他便得先放了火流星；假如這縫衣漢子會武功，必爲對方強助，不如先一步殺了！

可是，他沒想到結果會是這樣！

那縫衣漢子不閃，也不避。

漢子繼續縫衣。

當水流星挾雷霆之威擊到的時候，他忽然以折花般的手一抄，挑線般的指一挾，咬針線頭般的皓齒一切，「喀」的一聲，水流星的鐵鍊串子，立即就斷了。

雷滾大喝一聲，似要拚命，卻忽然連火流星都放了手，飛掠而起，沒命的飛逃。

林哥哥手上精芒一閃，飛刺狄飛驚！

狄飛驚的身形倏然動了。

一動，迅疾無比。

他一手奪過林哥哥手上的匕首，飛掠而出，同時連封林哥哥身上七處穴道，再看時，那匕首已將半空中的雷滾貫胸而過。

雷滾大聲慘嚎，跌落地下。

縫衣漢子兀自縫衣。

白衣書生卻看得眼花撩亂：「你……原來你沒給那迷魂香……」

「今晚我在這兒，除了要等候總堂主號令，或是拜祭他在天之靈外，而且還要弄清楚，誰才是最後一批『六分半堂』的心腹大患。」狄飛驚冷冷地道：「雷滾吃裡扒外，豬狗不如。這人卻留著有用。」他指一指癱瘓在地上的林哥哥。

白衣書生伸了伸舌頭，道：「看來，所謂京城名都的鬥爭，恐怕要比江湖上更厲害。」

狄飛驚恭恭敬敬的道：「敢情兩位不是城裡的人，請教高姓大名。」

「我叫方恨少，我是來這裡找義兄唐寶牛的。」他笑嘻嘻的道：「我知道你就是大名鼎鼎的『六分半大堂主』狄飛驚。」

那縫衣漢子卻沒開口。

狄飛驚上前一步，長揖道：「請教。」

那漢子還是專心的縫著衣服，好一會，忽爾抬頭，微微一笑，狄飛驚靈光一現，忽然想起了一個傳說中的人，道：「閣下就是『天衣有縫』？」

那漢子依舊帶一點呆氣的笑著，但終於開了口：「是溫大人派我來京找小姐的。」

狄飛驚心忖：莫非是總堂主英靈保佑，讓我得此強助，早日雪恨復仇麼！當下誠懇地道：「兩位，我們今日雖是初見，但兩位在狄某危殆時出手相助，想必是俠義中人，狄某有一個不情之請……」

方恨少奇道：「禮下於人，必有所求，你貴為當今『六分半堂』領袖，卻有求於我們這兩個初到貴境，又窮又餓又倒楣的人？卻不知為的是啥事？」

狄飛驚正色道：「兩位義名俠風，我久已仰儀，我求二位助我『六分半堂』，早日收回覆地，對抗『金風細雨樓』，今日安危相仗，他年甘苦共嘗。」

「只要我的兄弟不反對，那也是好玩的事，路見不平，拔刀相助，乃義所當為。」方恨少笑了：「你說話也真動聽。」

縫衣服的漢子瞇了瞇眼，道：「你忘了一件事。」

他近乎木訥地笑了笑，又道：「溫大人本來就是雷總堂主的至交，當年曾共過患難，這次他聽說溫小姐到京城來助她的大師兄蘇夢枕，便是要我把她請回去。」

狄飛驚喜道：「那你們是答應了？」

三人一齊步出廢墟的時候，不知怎麼，都升起了一種壯烈的感覺，彷彿有大事要做，有大事可爲。

狄飛驚心中依然懸念，不知他陷於「金風細雨樓」的總堂主和弟兄們如何了？扭頭只見西沉消殘的一勾銀月，心中立下重誓：有朝一日，一定要打倒「金風細雨樓」，殺死蘇夢枕，爲雷損報仇！

他們卻不知道，這時候他們自苦水鋪的廢墟裡走出來，聯袂一起，心裡的感覺，跟三天前，王小石和白愁飛初遇蘇夢枕，其實是非常近似。

非常的近似。

請續看《一怒拔劍》

完稿於一九八六年九月三日「中報」開始每日連載文武二篇

校於十月六日觀看「特寫青春」節目「論劍」後
再校於一九八八年十二月三十一日
蘇賡哲、黃漢立、林振名、龍逸昇
何珮珊、劉志堅、謝志榮、馮志明
劉啟明、梁應鐘、潘龍合、何家和
陳玉嬌、李美鳳、陳輝煌、
方娥真、溫瑞安大聚於黃金屋

後記

任何時代都會有這樣的故事：一個人，全無背景，到大都會去闖闖世界。《溫柔的刀》便是這樣的故事，當然，也不止是這樣的故事。

我想用一種新的觀念與角度、技巧與語言去寫武俠小說。一個成熟的作家都應該有他自己的看法和風格，因爲時代、環境、經歷、知識的不同而相異，也因爲大相逕庭、各樹一幟，才能推陳出新、各異其趣。寫還珠樓主的劍仙小說，我當然比不上他的馳情入幻、天風海雨。寫平江不肖生的，當然也難及他的奇俠異行、廣知博聞。寫白羽和鄭證因的，也難與他們的鏢行風波和幫會風雲相比。寫金庸的，我理應追不過金庸；寫古龍的，我也寫不過古龍；所幸，我還可以寫溫瑞安的。寫溫瑞安的，只怕就算是上述諸大家，也未必能寫得過溫瑞安。

這當然不是說我現在已全然創出「溫瑞安風格」了，我只在表明：我有這樣的意圖。創新，是件艱難的事。在書山字海裡打滾了這許多年，能創的可能只是山壁

溫瑞安

上一兩株出雲奇松，一兩記驚起千堆雪的潮浪。因襲，可以使自己怠惰輕鬆，一般武俠讀者也多不爲甚已；創新，萬一搞個不好，還得遭排斥非議，視作異類，尤甚者身敗名裂。

這種事我還經歷得少嗎？八〇年間我忽遭「意外」，大家還沒弄清楚是怎麼一回事之前，紛紛忙著把我和小方在一切文選、大系、選集，甚至文社史、監獄圖書館上除名，其中包括了小說、詩、散文和評論。我一向是相信因果報應的人，但在那段孤寂漫長而顛沛流離的歲月中，我流連在異國街頭，曾對自己苦苦追問：我到底作了什麼，要讓我受到這樣的苦楚？天下雖大，無可容身；眾口交詈、眾叛親離。有雪上霜，無雪中炭，真正感悟到「君不見高堂明鏡悲白髮，朝如青絲暮成雪」的「悲」字。曾經在「走投無路」下一再冒死重返曾有殺身之禍的所在尋求容身之所，小方正在香江應付沉重的工作之餘，忽然心血來潮，感覺到我又身陷囹圄，告假返家，覺得無比的恐懼、孤獨，她向萬家燈火的維多利亞海港，跪泣上蒼，在白紙上寫：

「瑞安快快回來」

結果，也許是精誠所至，我真的逃過大難，按響了樓下的門鈴。那門鈴再也不是昔日山莊的門了，有一大群兄弟姐妹爭相下樓接待自風塵中來的人。寂寞，總是一個人，熱鬧卻是全部。不過，我縱感鬱憤難平，但迄今為止，我從來不曾恨過什麼人，這點連我自己都感覺得奇怪。可能是讀史之故罷，冤情非自我而起，而我的事件也不過是一個較僥倖的省惕而已。

終於，我們都安定下來了，有了我們各自的溫暖的家，結交了一群相知而優秀的兄弟朋友，建立了我們的事業和志業，於是在紛繁中靜下心來，寫下自己的東西，可以獻給多年來從不在他們心中除名的讀者。我先寫好了《殺楚》，再寫成了《溫柔的刀》。

這故事總名是：《說英雄，誰是英雄》，暫分八部出版，《溫柔的刀》是第一部，第二部是：《一怒拔劍》，第三部是：《驚艷一槍》，第四部是：《傷心小箭》，第五部是：《朝天一棍》，第六部是：《群龍之首》，第七部是：《天下有敵》，第八部是：《天下無敵》。因為周石先生，這部小說得以動筆；因為王達明先生，這部小說得以「新貌」在台結集初版，而今再以修訂版推出，已是另一個世紀；又一個時代，且更有一番風雲。

稿於一九八六年十月五日「跨海飛天閣」，在香港接連出版「愛情短篇小說：浮名」、「十一個不同類型的小說：雪在燒」、「武俠小說：殺楚」、「推理小說集：七殺」及「雜文集：不讓一天無驚喜」。

重校於一九八九年一月一日生辰

十九人歡聚於北角金屋

三校於一九九〇年十一月十至十一日

中央日報訪問並與高氏姐妹大鬧蟹會宴

修訂於二〇〇三年初

春節期間「少年四大名捕」電視劇全國發行

作者通訊處：香港北角郵箱54638號

作者傳真：（852）28115237

【武俠經典新版】說英雄·誰是英雄系列

溫柔的刀(下)

作者：溫瑞安
發行人：陳曉林
出版所：風雲時代出版股份有限公司
地址：10576台北市民生東路五段178號7樓之3
電話：(02) 2756-0949
傳真：(02) 2765-3799
執行主編：劉宇青
美術設計：許惠芳
行銷企劃：林安莉
業務總監：張瑋鳳

初版日期：2021年9月新版一刷
版權授權：溫瑞安
ISBN：978-626-7025-02-4
風雲書網：http://www.eastbooks.com.tw
官方部落格：http://eastbooks.pixnet.net/blog
Facebook：http://www.facebook.com/h7560949
E-mail：h7560949@ms15.hinet.net
劃撥帳號：12043291
戶名：風雲時代出版股份有限公司
風雲發行所：33373桃園市龜山區公西村2鄰復興街304巷96號
電話：(03) 318-1378
傳真：(03) 318-1378
法律顧問：永然法律事務所 李永然律師
北辰著作權事務所 蕭雄淋律師
行政院新聞局局版台業字第3595號 營利事業統一編號22759935

定價：290元

國家圖書館出版品預行編目資料

溫柔的刀（下）／溫瑞安 著. -- 臺北市：風雲時代，
2021.08- 冊；公分 (說英雄.誰是英雄系列)
武俠經典新版

ISBN 978-626-7025-02-4（下冊：平裝）

1.武俠小說

857.9 110010857